L'HIMALAYANO CORRE SUL TRENO

UN DETECTIVE CON LE VIBRISSE
LIBRO 8

MOLLY FITZ

TRAMA

Avete mai avuto la sensazione che il vostro mondo si capovolgesse all'improvviso? È così che mi sento da quando io e la gang investigativa abbiamo scoperto che la nonna ha nascosto per decenni in soffitta un importante segreto di famiglia.

Quel che è peggio, non sappiamo ancora con esattezza cosa sia successo, e ancora adesso ho mille domande che mi frullano per la testa. Tipo: è ancora la stessa donna che ho sempre creduto che fosse? Riuscirò ancora a fidarmi completamente di lei?

Poiché nemmeno la nonna ha tutte le risposte, ho invitato i miei genitori a unirsi a me in un viaggio in treno lungo l'East Coast, dal nord al sud degli Stati

Uniti, in modo da poter scoprire la verità una volta per tutte.

Gattavius ha accettato di venire con noi, il che si è rivelato un bene, perché abbiamo rinvenuto un cadavere in uno dei vagoni letto. Ora abbiamo due misteri da risolvere, e in fretta—ne va della nostra vita e del futuro della nostra famiglia.

NOTA DELL'AUTORE

Ciao e grazie per aver scelto questo libro! Anche a te piacciono i cozy mystery con una buona dose di umorismo? Allora saremo ottimi amici!

Cosa ne dici, intanto, di tenerci in contatto sulla mia pagina Facebook? L'ho creata appositamente per i miei fantastici lettori italiani. Vieni a trovarmi su www.facebook.com/raccontimiciosi

Insieme ci divertiremo tantissimo. Gira pagina... e inizia l'avventura!

Ti aspetto nel magico mondo dei gatti.

MOLLY

1

Mi chiamo Angie Russo, e di recente la mia vita ha preso una piega drammatica dopo l'altra. Sul serio, da dove posso cominciare?

Suppongo che tutto abbia avuto inizio dall'incontro con il mio gatto.

Vi sembra assurdo? Beh, pensateci bene!

Il mio gatto sa parlare. Può farlo soltanto con me, ma tant'è.

Ci siamo conosciuti allo studio legale presso cui lavoravo come assistente. Quel lavoro non mi è mai piaciuto davvero, ma mi servivano cibo nel frigo e un tetto sopra la testa, così sono rimasta, nonostante mi trattassero più come una segretaria che non come la scaltra investigatrice che mi ero impegnata tanto per diventare.

Una mattina era in programma la lettura di un testamento, e mi avevano chiesto di preparare il caffè per tutti i presenti. La macchina del caffè aveva circa un milione di anni ed era imprevedibile anche nei suoi giorni migliori. Quello, decisamente, non lo fu. Volevo solo preparare quel pessimo caffè e tornare ai miei incarichi, ma—roba da non crederci!—presi la scossa e persi conoscenza.

Quando ripresi i sensi, mi ritrovai con un gatto tigrato seduto sul petto, che si prendeva gioco di me. Non appena mi resi conto che era lui a parlare, e lui comprese che lo capivo, il felino mi reclutò per aiutarlo a risolvere l'omicidio della sua defunta proprietaria.

È così che io e l'Esimio Octavius Maxwell Ricardo Edmund Frederick Fulton Russo, detective privato, siamo diventati una squadra. Da allora ho iniziato a chiamarlo Gattavius e sono diventata ufficialmente la sua proprietaria—anche se il tigrato direbbe sicuramente che è lui il mio padrone e non il contrario... e in effetti non avrebbe tutti i torti.

È entrato nella mia vita portandoci prima un'indagine per omicidio, poi un cospicuo fondo fiduciario e un ancor più cospicuo elenco di pretese. E così eccoci qui, a vivere nella lussuosa tenuta che un tempo apparteneva alla buon'anima della sua ex proprietaria, a sorseggiare Evian da tazze di porcellana Lenox, e a capo della miglior agenzia investigativa privata della zona—nonché l'unica.

C'è stato un po' di trambusto, un po' di tempo fa, quando un procione di nome Pringle ha aperto un'agenzia investigativa facendoci concorrenza, ma ormai è acqua passata. Perché, vedete, all'inizio riuscivo a comunicare esclusivamente con Gattavius, ma con il tempo ho sviluppato la capacità di parlare anche con altri animali.

Attualmente il nostro gruppetto include: Cachemire, una chihuahua dall'incrollabile ottimismo che abbiamo adottato da un rifugio per animali; Pringle, il famigerato lestofante mascherato, anche noto come Maestro Custode dei Segreti della nostra agenzia investigativa; Maple, una scoiattolina ossessionata dal cibo con un evidente deficit dell'attenzione; e quella mattacchiona di mia nonna, che vive con me.

Non mi dispiacerebbe affatto aggiungere un volatile a questa allegra combriccola di animali fuori di testa, ma gli uccelli hanno troppa paura per parlare con me o con Gattavius. Valli a capire!

Nonostante la nostra ampia gamma di capacità, l'agenzia non naviga propriamente in buone acque.

Finora ci è stato affidato un solo caso, e non siamo nemmeno stati pagati per il lavoro svolto. Ma sono sicura che ce la faremo, se non ci daremo per vinti e continueremo a credere in noi stessi...

Mmm, giusto?

Beh, è quello che continua a ripetere Cachemire.

In ogni caso, c'è questa immensa novità nella mia vita che ci tiene impegnati, con o senza il lavoro a riempire le giornate. Infatti, ho appena scoperto di avere un gran numero di parenti a Larkhaven, in Georgia, dei quali non conoscevo l'esistenza fino a un paio di settimane fa. Come se non bastasse, questi hanno invitato me, mia madre e mio padre per una lunga visita, in modo da avere tempo per conoscerci.

Gattavius ha insistito per venire con noi. Detesta i lunghi viaggi in auto e si è rifiutato anche solo di prendere in considerazione l'idea di mettere le zampe su un aereo, quindi abbiamo dovuto optare per il treno. Urrà!

Senza dubbio, il costo è assai inferiore, ma ci vorranno più di ventiquattro ore per giungere a destinazione. Ciò nonostante, non posso certo lasciarlo a casa, considerando quanto mi ha aiutata a svelare l'arcano e rintracciare questi nuovi componenti della nostra famiglia.

Già, la nonna ha mantenuto il segreto per tutta la

vita, sia con me che con mia madre; ma ora che li abbiamo ritrovati, niente potrà più separarci. La cara vecchietta ha preferito non venire con noi, anche se io e mamma le abbiamo assicurato che sarebbe stata la benvenuta. Ma lei si sente ancora troppo in colpa per quello che è successo.

Forse riusciremo a convincerla a unirsi a noi la prossima volta. Lo spero, perché anche se mi ha tenuto nascosta una questione tanto importante, è sempre la mia migliore amica e la persona a cui voglio più bene al mondo.

Per questo, ora, dovermi separare da lei, anche se solo per un po', è così difficile...

«Prometti di chiamarmi ogni giorno!» gemetti, abbracciandola così forte che mi chiesi se riuscisse almeno a respirare.

«Mammina, mancherai tanto anche a me!» piagnucolò Cachemire, la chihuahua tricolore della nonna, una robetta di poco più di due chili, saltellando lungo la banchina, all'altro capo del guinzaglio rosa neon.

La presi in braccio, riempiendole il musetto di baci: «Anche tu mi mancherai» le dissi con una vocina acuta e sciocca da amante degli animali all'ultimo stadio. Parlare con loro in quel modo quando eravamo in pubblico faceva sì che la gente mi ritenesse strana, ma serviva a tenere al sicuro il mio segreto. «La mamma tornerà tra sedici giorni. Riuscirai ad aspettare sedici giorni, vero, tesorino?»

«Non so contare» rispose Cachemire abbaiando felice.

La restituii alla nonna e presi dalle mani di mia madre il trasportino di Gattavius, di modo che anche loro due potessero salutarsi con un abbraccio.

Gattavius si mise subito a soffiare: «Ehi, fate attenzione! C'è un carico prezioso e delicato qui dentro!»

Mia madre e la nonna si salutarono rapidamente, e io posai a terra il trasportino per abbracciare la mia nonnina ancora una volta. Per quanto possa suonare patetico ammetterlo, non ero mai stata lontana dai lei tanto a lungo: ero cresciuta vivendo in casa sua, e avevo trascorso con lei anche per la maggior parte della vita adulta—anche se ora era lei a stare da me, e non viceversa.

Una fiumana di passeggeri ci sorpassava su entrambi i lati, trascinando con sé grossi trolley, e dovetti fare un passo indietro per evitare di essere colpita da una donna che camminava a passo svelto, più concentrata sulla conversazione telefonica in corso che sul guardare dove stava andando.

«Guarda» dissi a Gattavius. «Anche lei ha un trasportino.»

Ce l'aveva eccome. Solo che era molto più lussuoso rispetto al mio. Non mi sarei affatto sorpresa se le gemme con cui era decorato fossero stati diamanti autentici—o per lo meno cristalli Swarovski.

«Che razza di esibizionista» borbottò il mio gatto, anche se ero abbastanza certa che non gli sarebbe dispiaciuto affatto sfoggiare anche lui un trasportino tanto elegante. Poco importava, in quel frangente, che avrebbe preferito rinunciare a una delle sue vite piuttosto che entrarci di sua spontanea volontà.

«Sono sorpreso di vedere così tanta gente» disse mio padre, guardandosi intorno a disagio. «Non pensavo che tante persone prendessero ancora il treno, quando ci sono così tante altre possibilità.»

«È così romantico» disse con enfasi mia madre, appoggiandosi a lui e, probabilmente, dandogli una strizzatina al didietro. Ero nauseata da quanto fossero ancora innamorati quei due anche dopo trent'anni di matrimonio. A volte si comportavano proprio come dei ragazzini.

«Mi sento come se stessi per attraversare per la

prima volta la barriera che conduce al binario Nove e Tre Quarti di King's Cross!» dissi, con uno sbuffo e una risatina.

«E quando mai saresti andata a King's Cross?» chiese mio padre, inarcando un sopracciglio.

Oh, caspiterina! A volte era dura essere l'unica avida lettrice in famiglia. Davvero i miei genitori non avevano nemmeno visto i film?

«Ci sono!» strillai. «Abbiamo circa trenta ore di viaggio in treno da far passare. Sono più che sufficienti per una maratona dei film di Harry Potter! Quando torneremo a casa, vi presterò i libri – ce li ho tutti – così capirete anche voi quanto sia coinvolgente.»

«Compiti?» gemette mia madre.

«Puah! Sei davvero cattiva, maestrina» aggiunse mio padre.

Poi si baciarono così a lungo e a fondo che mia madre sollevò un piede, come una principessa delle fiabe al primo bacio. Solo che quello sarà stato almeno il decimilionesimo.

Sarebbe stato un lungo viaggio. Anzi, lunghissimo.

«Il conducente sta facendo cenno di affrettarsi» ci informò la nonna, indicando un uomo in uniforme in piedi davanti al nostro vagone. «Sarà meglio che saliate.»

«Sei pronto?» chiesi a Gattavius.

«Voglio solo uscire da questo affare» brontolò lui, come se la scelta del mezzo di trasporto non fosse stata una sua idea.

«Stai calmo» mormorai mentre salivamo sul predellino. «Tra due minuti ti farò uscire, poi andrà tutto liscio. In fin dei conti, cosa potrebbe mai accadere di brutto su un treno?»

Le ultime parole famose... Avrei dovuto saperlo.

2

Dopo aver abbracciato un'ultima volta la nonna, ci dirigemmo tutti e quattro verso l'ingresso del vagone e salimmo a bordo. Beh, Gattavius vi venne trasportato in quella che definiva la sua 'prigione di viaggio'. In fondo alla carrozza trovammo quattro posti liberi, gli uni di fronte agli altri. Appoggiai il trasportino sul sedile dal lato del corridoio, tenendo per me quello accanto al finestrino.

La nonna era ancora sulla banchina, esattamente dove l'avevamo lasciata, intenta a sbracciarsi e a saltellare su e giù: «*Bon voyage*[1], tesoro mio!»

Risi e le mandai un bacio.

---

1. In francese nel testo originale.

«Ti comporti in modo imbarazzante proprio come lei» mormorò mia madre, facendosi posto sul sedile in modo che nemmeno un millimetro la separasse da papà. «Non c'è da meravigliarsi che siate sempre intente ad architettare qualcosa.»

Lasciai cadere la provocazione, nonostante lei e papà si comportassero in modo ben più imbarazzante di quanto avremmo mai potuto fare io e la nonna. Mamma si era sempre sentita un po' a disagio per quel legame così forte, e sapevo che si sentiva un po' tagliata fuori. La situazione era peggiorata da quando avevamo scoperto che la nonna non era la sua vera mamma, e che l'aveva volutamente tenuta lontana dalla sua madre naturale su richiesta dell'uomo che, un tempo, entrambe avevano amato.

Già, stavamo ancora cercando di venirne a capo...

Per questo eravamo diretti a Larkhaven: i parenti del mio nonno biologico vivevano tutt'ora laggiù e ci avevano invitati per una piccola riunione di famiglia. Ovviamente non avevamo idea di che fine avesse fatto la mia 'vera' nonna; non sapevamo nemmeno se fosse ancora viva. Ma una cosa alla volta.

Mio padre bisbigliò qualcosa all'orecchio di mia madre, strappandole una risatina.

«Soffocatemi con una delle mie palle di pelo»

borbottò Gattavius al mio fianco. Era esattamente ciò che pensavo anch'io.

I passeggeri continuavano ad ammassarsi sul treno. Chiacchiere attutite mi avvolgevano come una comoda coperta. Forse non sarebbe stato poi così male, in fin dei conti. Vidi una madre con due bambini piccoli prendere posto nella parte anteriore del vagone, poi un'anziana coppia accomodarsi un po' più vicino a noi. A quanto pareva, c'erano persone di ogni tipo che preferivano il treno all'aereo.

Chi avrebbe mai detto che il settore dei viaggi ferroviari sarebbe stato ancora così florido nel ventunesimo secolo? Io no di certo.

Un uomo con un cappello in stile Indiana Jones e un maglione smanicato dal motivo a rombi si lasciò cadere sul sedile di fianco ai nostri dall'altra parte del corridoio; immediatamente tirò fuori una macchina da scrivere dall'aspetto malconcio e iniziò a pigiare sui tasti. Le sue dita si muovevano con destrezza mentre aggiungeva una parola dopo l'altra al fascio di carta che penzolava dalla parte superiore dello sgangherato macchinario.

Una macchina da scrivere su un treno. Due oggetti anacronistici in un colpo solo.

Tre, se ci aggiungevamo anche quel copricapo.

Tutt'a un tratto l'uomo smise di scrivere e si

sistemò gli occhiali sul naso voltandosi verso di me: «Quale potrebbe essere un buon sinonimo di sospetto? A parte infido?» Mantenne gli occhi fissi nei miei, senza sbattere le palpebre, come se si aspettasse che una qualche rivelazione geniale mi sgorgasse di bocca.

«Mmm, bizzarro? Singolare?» Insomma, uno come lui.

L'uomo si strofinò il mento: «Mmm, non sono certo che possano andare bene. Beh, non fa niente. Ci tornerò su durante la seconda stesura.»

«Seconda stesura? Sta scrivendo un romanzo?»

Interessante! Mia nonna diceva da sempre che prima o poi avrebbe scritto un libro, e negli ultimi mesi aveva fatto dei progressi—anche se il suo era un'autobiografia, non un'opera di fantasia. Spesso mi chiedevo se vi avrebbe rivelato la verità sui miei nonni biologici.

«Oh, eccome!» disse l'uomo con un sorriso che gli andava da un orecchio all'altro. «Non un romanzo qualsiasi, bensì il prossimo grande successo della letteratura americana. Vede, parla di—»

«Angela!» strillò Gattavius dall'interno del trasportino, ansimando come in preda a un attacco di panico. «Andiamocene da qui! Subito! O saremo costretti a trascorrere l'intero viaggio stando a sentire le manie di grandezza di questo genio della letteratura mancato.»

«Sembra davvero magnifico» dissi all'aspirante scrittore. «Purtroppo ora devo proprio dare da mangiare al gatto.»

Il tigrato emise un miagolio patetico per risultare credibile.

Continuavo a pensare che sarebbe stato interessante chiacchierare con uno scrittore in carne e ossa, ma il fatto che costui definisse il proprio manoscritto incompleto 'il prossimo grande successo della letteratura americana' era un lampante campanello d'allarme. Quell'uomo si credeva importante, talentuoso, un dono del cielo per i lettori, perfino. In genere, sono più che lieta di riconoscere i meriti altrui se sono effettivi, ma ho sempre pensato che sia meglio lasciar tessere le nostre lodi agli altri anziché vantarci personalmente.

«Tornerò più tardi, va bene?» gli dissi con un sorriso amichevole. Non volevo mostrarmi poco solidale nei confronti dei suoi sogni, soprattutto dal momento che il *mio* sogno di diventare un'investigatrice privata a tempo pieno, in società con un gatto parlante, era almeno altrettanto folle.

«Ora corri!» mi ordinò Gattavius.

Non avevo intenzione di fuggire a gambe levate da quel poveretto. Non letteralmente, per lo meno.

Mi infilai nell'orecchio un auricolare Bluetooth mentre ci facevamo strada verso il vagone successivo. Quell'aggeggio non funzionava più da anni, ma si era rivelato un'ottima copertura quando volevo parlare con Gattavius in pubblico.

«Che ne pensi?» gli chiesi. Proprio in quel momento sentii il pavimento del treno sobbalzare sotto i piedi; allungai la mano verso la parete, aggrappandomi giusto in tempo per non cadere in avanti.

«Beh, è stato spiacevole» si lamentò il tigrato con un brontolio sommesso. «Ora potrei uscire da questo affare, per cortesia?»

«Ti farò uscire appena riuscirò a sedermi» gli promisi, fermandomi per un istante a guardare fuori dal finestrino mentre ci allontanavamo dalla stazione. La nonna era ancora là, intenta a sbracciarsi come una forsennata, ma in breve divenne un minuscolo puntino all'orizzonte.

Gattavius sospirò, muovendosi e facendo sobbalzare la gabbietta: «So che era solo una scusa per sfuggire a messer Ti-Faccio-Una-Testa-Così-Sul-Mio-Romanzo, ma gradirei uno spuntino, o per lo meno un goccio di Evian.»

«C'è il vagone ristorante apposta.» Sollevai più in

alto il trasportino e me lo strinsi al petto, facendomi strada nel vagone successivo.

Speravo che il controllore non creasse problemi ai miei genitori per il fatto che non ero già più seduta al mio posto dopo così poco tempo, ma ciò che sapevo sui treni derivava da romanzi e film d'altri tempi. Era probabile che le cose funzionassero un po' diversamente nell'era digitale.

Per fortuna dovemmo attraversare solo altri tre vagoni passeggeri per giungere a destinazione. Era un'ottima notizia: anche se ci aspettava un lungo viaggio, gli snack erano a portata di mano, in caso di bisogno.

«Forse dovrei mandare un messaggio a mamma e papà per dir loro dove siamo.» Aprii la porta della gabbietta, e Gattavius balzò sul tavolo, contorcendosi violentemente.

«Ti rendi conto o no che, in termini di anni felini, è stato l'equivalente di un ergastolo?» Rabbrividì, poi si adagiò su un fianco e iniziò a leccarsi il sederino gattoso proprio di fronte a tutti—come se non bastasse, su una superficie su cui si posavano i cibi. Se non altro, ero abituata ai suoi modi tutt'altro che cortesi.

Scuotendo il capo, inviai un messaggio a mia madre, chiedendole se le servisse qualcosa, già che c'eravamo. Neanche il tempo di inviarlo, e ricevetti una notifica che mi informava che la batteria non era più molto carica. Venti percento. Caspiterina, era proprio da me preoccuparmi di una marea di dettagli insignificanti per il viaggio imminente, e dimenticarmi di aspetti essenziali, come accertarmi di avere il cellulare ben carico.

Tuttavia, guardandomi intorno nel vagone ristorante, le mie preoccupazioni svanirono: ogni tavolo disponeva di una presa elettrica. Avrei dovuto solo trovare il caricabatterie nella caotica accozzaglia che costituiva la mia valigia, e il problema sarebbe stato risolto.

«Vado a chiedere se hanno dell'Evian» dissi a Gattavius.

Lui borbottò qualcosa, senza darsi il disturbo di interrompere le attività di toeletta in pubblico per rivolgermi la parola in modo educato.

Sospirai e scossi nuovamente il capo, poi mi diressi alla postazione degli snack con lo stomaco che brontolava. Un'altra necessità fondamentale di cui mi ero dimenticata, presa com'ero dall'emozione per la partenza.

L'addetto mi vide avvicinarsi e mi rivolse un sorriso forzato. I riccioli rossi gli scendevano fin sugli occhi, e lui sollevò una mano per scostarli dal viso.

Forse sarebbe stato meglio accontentarmi dei cibi preconfezionati, a meno che non fossi riuscita ad accertarmi che non era lui a preparare i piatti.

Avevo visto che c'era la bistecca sul menù, e ne avevo una gran voglia. Era troppo presto per ordinare la cena? Mi auguravo di no.

Tuttavia, prima che riuscissi a raggiungere il bancone per ordinare qualcosa, venni intercettata da una donna che indossava una gonna color crema e una camicetta coordinata, stretta in vita e con le balze.

«Salve» disse con un sorriso tranquillo e amichevole. «Sbaglio o stava parlando con il gatto?»

Lanciò un'occhiata oltre le mie spalle e fece un cenno con il capo verso Gattavius, ancora seduto sul nostro tavolo, poi riportò lo sguardo su di me con l'espressione di chi la sa lunga, cosa che mi fece temere che avesse già scoperto il segreto che custodivo gelosamente.

Ero su quel treno da appena cinque minuti e avevo già fatto un terribile passo falso.

Che guaio!

3

Feci un passo indietro cercando di allontanarmi il più possibile, ma la donna allungò una mano e mi afferrò il polso, ridacchiando sommessamente.

«Non intendevo insultarla. Dopotutto, io parlo continuamente alla mia cara Grizabella. Poche persone comprendono il legame speciale che si instaura tra una donna e il suo gatto, non crede?» Piegò il capo di lato e mi rivolse un ampio sorriso.

Annuii, mentre il sollievo mi pervadeva: «Mi chiamo Angie, e lui è Gattavius.»

«Io sono Rhonda Lou Ella Smith.» Mi porse la mano, lasciandola penzolare mollemente. Si aspettava che gliela stringessi o che gliela baciassi? In ogni caso, temevo di farle male con la mia stretta salda, così tentai di battere il pugno contro il suo... impresa che fallì miseramente.

Rhonda strofinò le mani una sull'altra come per pulirle, poi ripiegò le braccia davanti alla vita: «Sì, bene. Vi dispiacerebbe unirvi a noi al nostro tavolo? Meglio voi che qualcun altro, dopotutto.» Rise di nuovo, con un suono che mi richiamò alla mente il canto mattutino degli uccelli. In effetti, tutto di lei mi faceva pensare a un uccellino—dalla struttura ossea delicata al completo costoso sicuramente realizzato su misura, dai gioielli appariscenti che sfoggiava ai lucenti capelli biondo platino.

«Certo. Mi dia solo il tempo di ordinare qualcosa per me e il gatto.» Mi voltai nuovamente verso l'addetto dai capelli rossi, che allontanò la mano dalla bocca con espressione imbarazzata. Che schifo! Anch'io mi mangiavo le unghie, ma non al lavoro, per di più dovendo servire del cibo.

«Oh, non si preoccupi per questo. Ho cibo in quantità» promise Rhonda; poi si avviò a passo disinvolto verso il proprio tavolo, muovendosi in modo così aggraziato che mi chiesi se fosse fuggita da una compagnia di danza, o da un gruppo di trapezisti, o roba del genere.

«Ok. Allora arrivo subito.» Sorrisi di nuovo, nel caso in cui si fosse voltata udendo la mia voce, poi tornai al mio tavolo, assai perplessa dall'interesse che quella donna così elegante aveva mostrato nei miei confronti. Le veniva davvero tanto naturale legare con me per il solo fatto che entrambe avevamo un gatto?

«Qualunque cosa ti abbia detto quella donna, sappi che *io* non ho accettato nessun invito» mi disse con freddezza il tigrato, raddrizzandosi a sedere e avvolgendosi la coda striata intorno alle zampe. «Intendo restare qui.»

«E allora non avrai nemmeno un sorso di Evian!» bisbigliai, voltandogli la schiena e contando mentalmente fino a cinque.

«Uno di questi giorni chiamerò la protezione animali e ti denuncerò» minacciò, ancora alle mie spalle. Poi, dal tavolo, mi balzò sulla spalla.

«Ahia! Gli artigli!» Non mi era mai saltato addosso prima d'ora, quindi non sapevo con certezza perché lo avesse fatto—forse pensava che fosse un nuovo, divertente modo di umiliarmi, o di punirmi per averlo costretto a comportarsi in modo amichevole con altri passeggeri.

«Che bel trucchetto» squittì Rhonda, applaudendo deliziata mentre ci avvicinavamo.

«Trucchetto? Non è roba per cani di una certa età? Io sono un gatto, madame» disse Gattavius alla nostra nuova amica—anche se ero certa che lei avesse sentito solo un comunissimo, roco miagolio.

«Non disturbarti a parlare con lei» disse una voce armoniosa e soave proveniente dal sedile. «Non capisce.»

Il mio sguardo fu subito attratto dallo splendido felino a pelo lungo, dagli occhi azzurri e dal mantello che si scuriva sul muso, sulla coda e sulle zampe. Doveva trattarsi di Grizabella. C'erano gatti come tanti altri, e gatti con la G maiuscola. Grizabella apparteneva a quest'ultima categoria. Sembrava uscita da un'enciclopedia sulle razze feline, tanto erano perfetti il suo mantello, la sua postura ed essenzialmente tutto di lei.

Gattavius si irrigidì sulla mia spalla e mi strofinò le vibrisse contro la guancia mentre si sporgeva in avanti per vedere meglio l'himalayana: «Prega, Angela! Vedi anche tu un angelo, proprio davanti a noi?»

Un angelo? Ma cosa stava dicendo?

Cercai di girarmi per guardarlo, con l'unico risultato di affondare il viso nel suo mantello striato. Irritata, lo sollevai e lo appoggiai sulla panca vuota di fronte a Rhonda.

Lui non protestò nemmeno, e non smise di fissare la gatta neanche per mezzo secondo. Non appena lo lasciai andare, balzò sul tavolo, la ricerca dell'Evian ormai apparentemente dimenticata.

«Mia carissima, splendida felina, è un onore e un privilegio posare lo sguardo su di voi» disse, gli occhi ambrati sempre più sgranati mentre la fissava. O passava troppo tempo con Pringle, il nostro amico procione appassionato di cavalieri medievali, o aveva scoperto un nuovo canale fantasy in TV.

«Credo che al mio gatto piaccia la sua himalayana» dissi a Rhonda con una risatina. Non avevo mai visto Gattavius flirtare prima d'ora, e non avrei voluto vederlo neanche adesso.

«Faccia attenzione» mi avvisò la donna. «A Grizabella non vanno molto a genio gli altri gatti; né le persone, o chiunque altro, in realtà.» Allungò una mano per accarezzare il lungo pelo della gatta, ma questa le assestò una rapida zampata.

A quanto pareva, Gattavius aveva proprio trovato la gatta giusta per lui.

«Non apprezzo i tuoi tentativi di adularmi, gatto di casa» soffiò Grizabella; poi si accoccolò contro il fianco di Rhonda. Alla faccia degli sbalzi d'umore! Anche Gattavius ne aveva, ed erano anche piuttosto intensi, ma nel giro di un'ora, non di pochi secondi.

Normalmente, una simile mancanza di rispetto avrebbe innescato una scenata con tanto di insulti e zampate ad artigli spiegati, ma non stavolta: «Avete frainteso. Sono in parte Maine Coon, la più antica razza di origine americana, e sono al vostro servizio, magnifica Grizabella.» Chinò il capo fin quasi a sfiorare il tavolo e piegò le orecchie di lato, in segno di rispetto.

«Non ho bisogno dei tuoi servizi. La mia umana si occupa di soddisfare ogni mia necessità.»

«Difficile a farsi» commentò Gattavius con una risatina spavalda.

«No. Impossibile a farsi» lo corresse Grizabella, frustando con la coda la panca e il fianco della sua proprietaria.

«Niente è impossibile.» Gattavius le fece l'occhiolino, poi prese a leccarsi una zampa. «Troverò il modo. Dopotutto, risolvere misteri è il mio lavoro. Badate bene, posseggo il cinquanta percento di un'agenzia investigativa privata.»

Grizabella sembrò un tantino colpita, ma non disse nulla.

Supposi che fosse giunto il momento di fare due chiacchiere con l'altro essere umano presente, onde evitare di destare sospetti sulle nostre speciali abilità comunicative. «Cosa la porta su questo treno?» domandai a Rhonda, facendo del mio meglio per dedicarle tutta la mia attenzione.

Lei si mise a giocherellare con il ciondolo d'oro della collana di perle che portava al collo. Era decisamente grande, e piuttosto sbalorditivo, per via dell'elaborata decorazione incisa al suo interno. Un grappolo di perle abbinate spiccava orgogliosamente al centro, una vera delizia per gli occhi. Quel monile doveva costare una fortuna! Al contrario, il mio gioiello più bello era una collanina d'argento sterling con un ciondolo a forma di zampa, che la nonna mi aveva regalato qualche tempo prima per il compleanno.

Rhonda guardò fuori dal finestrino, con espressione pensierosa: «Preferisco viaggiare in treno. Per Grizabella è la scelta migliore.»

«Noi andiamo in Georgia» dissi, anche se non me l'aveva chiesto. «Anche voi siete dirette lì?»

«Questa volta no. Probabilmente scenderemo prima.» Era strano che non avesse menzionato la sua destinazione, ma decisi di non insistere. In fin dei conti, era una chiacchierata frivola, mica un interrogatorio.

«Non credo di aver mai preso un treno prima d'ora. Beh, a parte il trenino allo zoo.» Risi della mia pessima battuta.

Rhonda, invece, non rise: «Le piacerà. È un'esperienza piuttosto unica.»

«Me ne sono già resa conto.»

Lei sorrise di nuovo, poi rivolse nuovamente l'attenzione al finestrino. Chissà perché aveva insistito tanto perché mi unissi a lei, quando in realtà non sembrava avere molta voglia di fare conversazione.

Restammo in silenzio. Entrambe ci voltammo a guardare i gatti che, con gran dispiacere di Gattavius, non erano ancora riusciti a fare amicizia.

«Oh, mia cara Grizabella, farei qualsiasi cosa per voi! Rinuncerei perfino a una delle mie sette vite!»

«Non sono interessata» rispose lei, altezzosa.

Gattavius ignorò noi umane e continuò a supplicare l'himalayana: «Potrei acchiappare un topo per voi. Vi andrebbe un bel topo morto?»

Grizabella emise un verso basso e corse a nascondersi sotto il tavolo per non dover sopportare oltre quel bifolco che si struggeva d'amore per lei.

Quando tornai a guardare Rhonda, questa ridacchiava, nascondendo il volto dietro un fazzolettino di stoffa: «La mia Grizabella è fatta così. Non apprezza molto gli altri gatti, e loro non apprezzano lei.»

Stavo per ribattere che Gattavius la apprezzava eccome, ma Rhonda aggiunse: «Per questo siamo un'accoppiata perfetta.»

Che affermazione stramba. Era un modo per dire che una donna benestante come lei non mi apprezzava—o che pensava che io non la apprezzassi? Ma che importanza aveva? E poi, di nuovo, perché aveva insistito affinché mi unissi a lei?

Sorrisi, ma non dissi nulla. Infine, lei prese a raccontarmi aneddoti sulle abitudini quotidiane di Grizabella. Francamente, avrei preferito restare in compagnia dello scrittore.

4

Nonostante si fosse offerta di dividere con me la sua riserva di snack, Rhonda non mi offrì nulla per tutto il tempo che trascorremmo insieme. Ero troppo imbarazzata per ricordarglielo, ma quando, infine, io e Gattavius ci accomiatammo, temetti di sembrare maleducata andando a comprare qualcosa proprio sotto il suo naso. La mia unica speranza ormai erano i miei genitori: sapevo, infatti, che mio padre, fissato com'era con lo sport, aveva quasi sempre con sé delle barrette o qualche altra miscela di cibo iperproteico.

«Non può proprio restare a chiacchierare ancora un po'?» mi chiese Rhonda quando mi alzai in piedi.

Lanciò un'altra occhiata fuori dal finestrino, e guardai fuori anch'io. Ero rimasta con lei per un bel pezzo, perché il crepuscolo aveva già iniziato a scurire il paesaggio, caratterizzato da dolci colline. Non c'era da stupirsi che stessi morendo di fame!

«Sono spiacente, ma ora devo proprio tornare dai miei genitori» dissi stringendomi nelle spalle, detestando quanto quell'affermazione mi facesse sembrare infantile.

«È davvero bello che lei sia così legata alla sua famiglia. Dovete avere un rapporto davvero speciale» disse Rhonda, accarezzando distrattamente la sua gatta e osservandomi mentre mi preparavo ad andare.

Miracolosamente, Gattavius rientrò nel trasportino di sua spontanea volontà e senza lamentarsi, presumibilmente perché Grizabella lo stava guardando. Caspita, se avessi saputo prima che trovargli una fidanzata sarebbe stato il modo migliore per convincerlo a collaborare, mi sarei calata nella parte di Cupido molto tempo fa.

«Allora» borbottai mentre riattraversavamo i tre vagoni per tornare al nostro posto, con gli auricolari Bluetooth riposizionati in modo strategico. «Hai sempre avuto un debole per le himalayane o è Grizabella a essere speciale?»

Lui sospirò beatamente: «Non mi ero mai innamorato prima d'ora. È come se un nuovo livello di consapevolezza mi si fosse dischiuso davanti agli occhi.» Sembrava che la prima cotta lo avesse trasformato in Shakespeare. Non potevo biasimare Grizabella per aver trovato fastidiose le sue attenzioni.

Alzai gli occhi al cielo: «Tieni solo a mente che non resteremo sul treno poi molto a lungo e probabilmente non la rivedrai più, una volta che scenderemo da qui. In realtà, Rhonda ha detto che forse scenderanno prima loro...» Mi ci volle qualche istante per ricordare con esattezza quel dettaglio, poiché dovetti andare a ritroso di ore di aneddoti frivoli su Grizabella per ricordare l'inizio della conversazione.

All'improvviso mi sentii molto dispiaciuta per il mio povero gatto: non soltanto non aveva la minima possibilità, ma probabilmente non avrebbe nemmeno mai più rivisto la bella felina di cui si era innamorato. «Cerca di non farti spezzare il cuore» lo avvisai. «Detesto vederti soffrire.»

«L'amore trova sempre una via, Angela» disse lui in tono saggio. In quello specifico caso, tuttavia, non vedevo come ciò potesse essere fattibile, considerando che l'oggetto delle sue attenzioni lo detestava.

Inoltre, erano gatti. I gatti potevano davvero innamorarsi? Beh, sembrava proprio di sì. Mi auguravo che, un giorno, Gattavius avrebbe trovato una compagna che ricambiasse i suoi sentimenti. Ero anche molto sollevata per il fatto che fosse sterilizzato, data la sua totale mancanza di riserbo in... beh, in ogni cosa.

«Significa che d'ora in poi sarai più tollerante con me e Charles?» chiesi, nella speranza che la nuova comprensione dell'amore che aveva appena sperimentato lo portasse a smettere di chiamare il mio fidanzato Chuck il Ciuco.

Lui non disse nulla, ma dal trasportino si levarono fusa roboanti, che supposi fossero la versione felina dell'abitudine umana di canticchiare beatamente mentre si pensa alla persona amata. Wow, era proprio innamorato cotto!

A proposito di gente innamorata, quando tornai al mio posto, trovai i miei genitori avvinghiati l'uno all'altra ancora più di prima, entrambi intenti a fissare il laptop di mia madre con espressione rapita.

«Cosa guardate voi due?» chiesi, notando che usavano un solo paio di auricolari, uno a testa.

«*Harry Potter e i doni della morte*, parte due» rispose mia madre senza staccare gli occhi dallo schermo.

«Uffa! Perché mai avete iniziato dall'ultimo?»

«Beh, vogliamo accertarci che ci sia il lieto fine prima di imbarcarci in una serie così lunga. Non ti sembra logico?» chiese mio padre sollevando un sopracciglio.

Personalmente detestavo gli spoiler: toglievano almeno metà del divertimento. Ma se non altro, i miei genitori avevano deciso di fare un tentativo. Almeno questo dovevo riconoscerglielo.

In quel momento l'aspirante scrittore smise di ticchettare sulla macchina da scrivere; mi parve che ci stesse osservando di sottecchi. Stava forse aspettando l'occasione buona per riprendere a parlarmi del suo romanzo?

Sembrava proprio che dovessi fare una scelta. Potevo raggomitolarmi insieme ai miei genitori – che si erano messi già fin troppo comodi, per i miei gusti – e fingere di guardare il film con loro, o proseguire nell'esplorazione. Dopo la lunga chiacchierata con Rhonda e Grizabella avevo bisogno di stare un po' da sola per ritrovare le forze, quindi dovevo andarmene da lì prima che lo scrittore egocentrico si lanciasse in un secondo tentativo di fare conversazione.

«Sono venuta solo a prendere la giacca» dissi, sollevando dal sedile la giacchetta di jeans e appoggiandomela sulle spalle. «Ah, prima che vada, avete qualcosa da sgranocchiare?»

«Come dicono i Boy Scout, *sii preparato!*» Mio padre prese la sua borsa da viaggio e mi lanciò una barretta ai cereali, senza staccare gli occhi dallo schermo. Beh, per lo meno sembrava che stessero apprezzando il film.

«Grazie» gli gridai da sopra la spalla, già in fuga. Avevamo ormai trovato il vagone ristorante, e probabilmente era troppo presto per tornarci se volevo evitare un secondo *tête-à-tête* con Rhonda. Magari avrei potuto cercare la carrozza panoramica e restarmene lì per un po'.

Attraversammo i tre vagoni che ci separavano dal vagone ristorante, poi altri quattro, per riuscire a trovare la carrozza con le pareti di vetro e i sedili posizionati al centro, in modo da fronteggiare le due grandi vetrate su entrambi i lati. Solo la parte superiore del vagone era ricoperta di metallo: se non inclinavo la testa né verso l'alto, né verso il basso, scorgevo il panorama a perdita d'occhio.

La carrozza era vuota. Appoggiai a terra il trasportino e lo aprii. Nonostante il suo disprezzo per quella prigione, Gattavius uscì lentamente e si avvicinò alla parete trasparente con movimenti leggiadri e ondeggianti. Una pioggerella lieve aveva iniziato a tamburellare sui vetri, e avevo la sensazione di trovarmi dentro a una bolla, come in un sogno.

«Vorrei che Grizabella fosse qui ad ammirare tutto questo» disse Gattavius con un desiderio che non avevo mai percepito in lui prima di allora, nemmeno quando parlava della sua defunta proprietaria, Ethel Fulton. Il poveretto era cotto a puntino.

«È romantico» dissi, stringendomi nella giacca e spostandomi sul sedile finché non trovai la posizione più comoda.

Entrambi restammo per un po' a guardare la pioggia e, al di là di essa, le morbide colline dello stato che stavamo attraversando, quale che fosse. Probabilmente eravamo ancora nel Maine, o forse eravamo già giunti nel New Hampshire, o magari perfino in Massachussetts. Mi ero quasi addormentata quando Gattavius saltò sul sedile accanto al mio e mi si arrampicò in grembo, un comportamento molto raro da parte sua.

«Ti preoccupa l'idea di incontrare i tuoi parenti per la prima volta?» mi chiese mentre impastava con le zampe anteriori per rendere ancor più comodo il posticino prima di acciambellarvisi e rilassarsi. Non mi chiedeva quasi mai come mi sentivo. Di solito mi diceva—già, mi diceva *lui*—come mi sentivo. Ma decisi di non sottolineare la questione e godermi il fatto che si preoccupasse per me. Dopotutto, avevo proprio bisogno di parlarne con qualcuno.

«È una situazione strana» ammisi strofinandogli la pelliccia del collo, pensierosa. «Ho sempre creduto di sapere chi sono e da dove vengo, poi all'improvviso scopro che è tutto sbagliato. E la cosa più strana è che non l'avrei mai scoperto se Pringle non fosse il ladruncolo ficcanaso che è.»

Anche se trovavo irritante quel procione, non avrei mai smesso di essergli grata per aver scoperto e svelato la verità sulle origini di mia madre e, di conseguenza, sulle mie.

Il modo in cui Gattavius faceva le fusa mi diceva che non riusciva a pensare ad altro che alla sua amata. Ma mi stava ancora prestando un po' di attenzione, così gli chiesi: «Che cosa faresti, se fossi nei miei panni?»

«Panni?» Sbuffò a quell'idea. «Sei proprio un'umana fatta e finita.»

Non avrei saputo dire se si trattasse di un insulto o meno, così tenni la bocca chiusa. Ero *incredibilmente* umana, in fin dei conti.

Il tigrato smise di fare le fusa e incrociò le zampe anteriori di fronte a sé: «Per i gatti è diverso. Non importa da dove vieni. Importa solo che le cose vadano a finire bene.»

Un pensiero semplice, ma affascinante. Certe volte mi piaceva molto il suo modo di vedere le cose.

«I gatti non rivedono mai le proprie famiglie dopo che vengono adottati. Voglio dire, suppongo che ai gatti randagi o selvatici possa capitare.» Fece una pausa e sussultò all'idea. «Ma ciò che è capitato a tua nonna e a tua madre è del tutto normale per noi: nasciamo in una famiglia felina, ma poi veniamo adottati da una famiglia umana, ed è lì che restiamo.»

«Quindi dove vuoi arrivare?»

«La nonna è la tua umana, ed è una brava umana. Ti sarebbe potuta andare molto peggio.»

Su questo aveva ragione. Certe volte il mio gatto si mostrava davvero intelligente; altre volte fissava il muro senza un motivo apparente. Ok, era un tipo strano, ma per fortuna le nostre stranezze si compensavano alla perfezione.

Con quel pensiero, scivolai nel sonno cullata dal dolce suono delle sue fusa.

5

l rumore costante della pioggia e la dolcezza inaspettata delle coccole di Gattavius mi cullarono fino ad addormentarmi lì, seduta nella carrozza panoramica. Sognai di essere Anna dai capelli rossi, che prendeva il fatidico treno che l'avrebbe portata dai Cuthbert. Un bel sogno, considerando che Anna era una delle mie eroine preferite di tutti i tempi.

Tuttavia, quel bel sogno venne bruscamente interrotto quando un grido angosciato, appena udibile in lontananza, fece affondare quattro serie di artigli in profondità nelle mie gambe.

«Ahia, stai attento!» strillai, balzando in piedi così in fretta da far cadere a terra Gattavius.

Il tigrato si rialzò immediatamente sulle quattro

zampe e rimase immobile, con la coda penzolante verso il pavimento e il collo allungato vero il soffitto. «È la mia amata Grizabella!» disse, torcendo spasmodicamente le orecchie come se fossero piccole antenne satellitari. «È nei guai. Dobbiamo andare subito da lei.»

Il terribile grido risuonò una seconda volta nella notte, e mi resi contò che in realtà si trattava di un verso emesso da un felino, non dell'urlo di un essere umano. Ciò non lo rendeva meno spaventoso, ma significava che probabilmente la maggior parte degli altri passeggeri non gli avrebbero prestato molta attenzione.

«Da questa parte» strillò Gattavius, balzando verso la porta che conduceva nella direzione opposta rispetto a quella da cui eravamo arrivati. Supposi che avremmo raggiunto i vagoni letto di lusso. Noi non avremmo potuto permetterceli, ma senza dubbio Rhonda Lou Ella Smith sì.

Al momento il mio gatto era troppo agitato per rimetterlo dentro al trasportino, così afferrai la gabbietta e mi affrettai a seguirlo.

Lui si fermò alla porta e gridò: «Sto arrivando, mia cara. Sto arrivando!»

Il grido raccapricciante risuonò di nuovo, stavolta accompagnato dalle parole: «Fate in fretta!»

Non sapevo a quale disgrazia stessimo letteralmente correndo incontro, ma di sicuro sembrava urgente. Attraversammo due vagoni letto e aprimmo la porta del terzo. Quando entrammo, trovammo l'himalayana urlante che camminava su e giù lungo il corridoio.

Corse dritta verso di noi e strofinò il nasino contro il muso di Gattavius: «Grazie per essere venuti con tanta celerità. La mia signora... Lei—Oh, cielo. È troppo orribile anche solo per dirlo!»

Gattavius sembrava aver perso improvvisamente la parola, così presi il controllo della situazione.

«Puoi mostrarci cos'è successo?» chiesi, allungando una mano verso di lei per farle capire che non avevo intenzione di farle del male.

Grizabella le diede una rapida annusata, poi si voltò; teneva la coda vaporosa ben alta, ma il suo corpo era scosso da brividi di paura.

Io e il tigrato la seguimmo in una delle stanze private. La porta era spalancata, e all'interno la povera Rhonda giaceva in una raccapricciante pozza di sangue, l'impeccabile completo color crema talmente intriso da risultare ormai irriconoscibile.

Mi portai le mani alla bocca per evitare di urlare quando notai un coltello da carne, sicuramente sottratto dal vagone ristorante, conficcato nello stomaco di quella poveretta, che apparentemente era stata accoltellata più volte. Ma per quale motivo non aveva gridato? Di certo le sue urla sarebbero state abbastanza forti da svegliare Gattavius ancor prima del miagolio disperato di Grizabella.

Con passo tremante attraversai in punta di piedi il tappeto macchiato, facendo attenzione a evitare le chiazze rosse che ancora si allargavano, e mi chinai per sentire se c'era battito. Non lo percepii sul polso, così tentai con il collo, sperando con tutta me stessa che fosse ancora viva...

La sua splendida collana di perle con il vistoso ciondolo dorato era sparita. L'aveva forse presa l'assassino? La poveretta era stata uccisa da qualcuno che voleva derubarla? Quel pensiero mi riempì di una rabbia cieca.

Scossi il capo, voltandomi verso i gatti: «Mi dispiace moltissimo» dissi all'himalayana sconvolta.

«Oh, perché? Perché?» disse Grizabella fra le lacrime. «Perché gli umani hanno una vita sola? E perché quella di Rhonda è giunta al termine in modo tanto improvviso?»

Gattavius strofinò il muso contro quello di lei; il delicato strofinio del naso sembrò offrirle un po' di conforto. Povera, povera Grizabella!

Anche se continuava tremare e a chiedere perché

in tutti i modi che le venivano in mente, sapevo di dover riuscire a scoprire cosa aveva visto, se aveva idea di chi potesse essere stato e... già, anche perché.

«Forza! Torniamo in corridoio» dissi. Non avevo la minima intenzione di restare accanto a un cadavere più dello stretto necessario. Mi richiusi con delicatezza la porta alle spalle, accertandomi che non fosse chiusa a chiave. «Grizabella, hai visto cos'è successo?»

Lei scosse il capo e chiuse gli occhi azzurri stringendoli forte.: «Solo dopo. Non durante.»

«Dov'eri quando è stata aggredita?» insistetti, avendo già capito che sarebbe stata una testimone difficile da interrogare. Ce lo si poteva aspettare da un gatto, soprattutto se in preda a un crollo emotivo.

«Non voglio parlarne» disse tirando su col naso.

Beh, un rifiuto così diretto era un po' sospetto. Mi era già capitato di avere dei gatti come possibili indiziati. Anche Grizabella si sarebbe rivelata in qualche modo corresponsabile dell'omicidio della sua proprietaria?

«Per favore» intervenne Gattavius, ritrovando finalmente la voce, ora che doveva agire in qualità di mio partner nelle indagini. «Siamo qui per cercare giustizia per la tua umana, non per giudicare.»

«Promettete di non dirlo a nessuno?» chiese Grizabella tirando nuovamente su col naso.

«Certo che te lo promettiamo» la rassicurai, e non soltanto perché qualunque persona con cui avessi parlato del caso mi avrebbe immediatamente liquidata come una stramboide se mi fossi messa a discutere dell'alibi del gatto della donna assassinata.

«Ero in bagno, intenta a utilizzare la lettiera. Ho sentito qualcuno entrare e parlare con la mia signora mentre ero proprio nel bel mezzo di... beh, avete capito. Le voci erano ovattate, non so cosa si siano dette. Ho aspettato nell'altra stanza finché non ho sentito che l'estranea se n'era andata: non avevo nessuna voglia di dovermi sforzare di essere gentile con altri umani per stasera. Senza offesa, ma essere stata costretta ad avere a che fare con voi era già stato più che sufficiente per oggi.» Si voltò verso di me e arricciò il naso. Caspiterina, a volte i gatti erano proprio sgarbati.

«Vai avanti» la incoraggiò Gattavius con una tenerezza che non aveva mai mostrato parlando con me. «Poi che cos'è successo?»

Grizabella sussultò al ricordo: «Quando sono uscita, la mia signora era coperta di sangue e la sua pelle aveva già iniziato a diventare fredda.»

Mi chiesi se avrei dovuto accarezzarla per cercare

di rassicurarla, ma non mi sembrava una buona idea, considerando che l'himalayana tollerava a malapena il tocco dell'umana che amava.

«Dev'essere stato molto difficile per te» dissi invece. «Se non ti dispiace, ho ancora qualche domanda da porti. Innanzitutto, non hai sentito Rhonda—voglio dire, la tua signora—gridare?»

«No, non ha gridato e non sembrava nemmeno turbata.» La mascella tesa e la fermezza dello sguardo mi fecero capire che non aveva alcun dubbio su questo.

«Ok. Hai parlato dell'estraneo al femminile. Significa che la persona che è entrata era una donna?»

«Oh, mia cara, non saprei. A me gli umani sembrano tutti uguali, sia per la voce che per l'aspetto.» Se non altro ero stata promossa a 'mia cara', anche se sospettavo che avrebbe utilizzato quel nomignolo anche per la servitù—beh, se avesse potuto parlarci. In ogni caso, sembrava aver capito che volevo darle una mano e aveva iniziato a collaborare almeno un po'.

«Mmm, è ciò che ho sempre detto anch'io» mormorò Gattavius. «Finché non ho iniziato a conoscerli un po' meglio.»

«Sì, ho notato che la tua umana sa parlare» disse Grizabella, accomodandosi con grazia in posizione seduta. «Com'è possibile? Non credi che sia un po' sospetto?»

Lui scosse il capo, accorrendo immediatamente in mia difesa: «È qui per aiutarti. Lo siamo entrambi. C'è qualcos'altro che puoi dirci che possa esserci utile per capire cos'è successo alla tua umana?»

«Beh, so già cos'è successo. È morta.»

Fantastico. C'era un cadavere di cui per ora soltanto io conoscevo l'esistenza, e l'unica testimone era una gatta di razza viziata che non aveva niente di veramente utile da dirci. Sarebbe stato quasi impossibile risolvere il caso prima che il treno arrivasse alla stazione successiva e le autorità competenti potessero occuparsene. Dovevo provarci comunque? O limitarmi ad avvertire il personale ferroviario e fare del mio meglio per mantenere intonsa la scena del crimine finché non fosse subentrata la polizia?

In quel momento il treno entrò in una galleria, e il buio si fece più intenso. Dal finestrino del corridoio, vidi le pareti di pietra e rabbrividii. Sembrava che ci trovassimo in una tomba.

Calzava a pennello con la situazione.

Estrassi il cellulare per guardare l'ora. Erano le quattro del mattino. Il treno non avrebbe effettuato fermate fino alle sette e mezza. Saremmo riusciti ad affrontare tre ore e mezza di viaggio con un cadavere a bordo? E a chi avrei potuto rivolgermi, considerando che tutti sembravano immersi in un sonno profondo?

La luce nel vagone prese a sfarfallare, poi si spense con uno scoppiettio inquietante. Oh, fantastico: l'elettricità che se ne andava era proprio ciò di cui avevamo bisogno in quel momento! Beh, se non altro le cose non potevano andare peggio di così, no?

Ma quella si dimostrava sempre una pessima domanda, che la pronunciassi ad alta voce o che mi limitassi a pensarla.

Perché, proprio in quel momento, il treno si fermò nel bel mezzo della galleria, buia e cupa come un sarcofago. Eravamo bloccati chissà dove in mezzo alla campagna, con un assassino a piede libero—violento e senza scrupoli, peraltro—e non riuscivo neanche a vedere a pochi centimetri davanti a me.

Proprio una situazione coi fiocchi!

6

Tirai fuori il telefono per attivare la torcia. Mi restava appena il sedici percento di batteria.

Dovevo proprio decidermi a comprare un caricatore portatile nel caso in cui, in futuro, mi fossi ritrovata di nuovo intrappolata su un treno senza corrente elettrica con un killer particolarmente brutale.

Sempre ammesso che fossi sopravvissuta a questa esperienza...

Un brivido mi percorse quando il cellulare iniziò a trillare allegramente, squarciando il silenzio. Stava suonando!

Annaspando, premetti il tasto di risposta e mi portai il telefono all'orecchio con dita tremanti. La voce di mia madre risuonò dall'altoparlante.

«Angie! Dove sei? Va tutto bene?»

«Mamma!» gridai, quasi in lacrime. Di solito riuscivo a restare calma anche nei momenti più difficili, ma quella volta non ce la feci. La vista del corpo di Rhonda ridotto a quel modo e il ritrovarmi intrappolata al buio appena fuori dalla porta della stanza in cui giaceva il cadavere—era davvero troppo per me. Sarebbe stato troppo per chiunque.

In più, quella non era la mia piccola città dove conoscevo tutto e tutti. In effetti, non sapevo neanche dove ci trovassimo, con il treno bloccato e al buio da qualche parte fra il Maine e la Georgia. Non conoscevo gli altri passeggeri e non avevo idea di chi di loro potesse essere l'assassino. Non c'era nessuno di cui potessi fidarmi.

Nessuno, ad eccezione del mio gatto e dei miei genitori.

«Cosa c'è che non va? Dimmi dove sei, così ti raggiugo!» gridò mia madre nel telefono. Aveva capito subito che c'era qualcosa che non andava e grazie al cielo non intendeva costringermi a dirle di cosa si trattasse prima di avermi trovata ed essersi accertata che stessi bene.

«Attraversa il vagone ristorante e la carrozza panoramica. Sono in una delle carrozze private. Sbrigati!» Non c'era bisogno che le dicessi di portare con sé anche mio padre: sapevo che l'avrebbe fatto e basta. Forse, fra tutti e tre, saremmo riusciti a venire a capo di quel pasticcio. Ovviamente, non c'era modo di salvare la povera Rhonda Lou Ella Smith. Non più.

Mi lasciai scivolare a terra appoggiandomi contro la parete, mi portai le ginocchia al petto e le abbracciai, in attesa che i miei genitori ci raggiungessero. Più tardi sarei tornata a essere la detective razionale e dal sangue freddo, ma in quel momento avevo bisogno di qualche minuto per lasciare spazio alle emozioni, in modo da elaborarle e superarle.

Percepii qualcosa di peloso strusciarmisi contro il braccio nell'oscurità.

«Perché piangi?» mi chiese Gattavius in tono curioso. «Non lo fai mai.»

«È per via del buio. Ho la sensazione che renda tutto molto più difficile» singhiozzai, cercandolo a tentoni. Non appena la mia mano si appoggiò sulla sua pelliccia, ritrovai un po' di coraggio. Insieme avevamo affrontato situazioni pericolose di ogni genere, ma eravamo sempre riusciti a venirne fuori. Insieme.

«Il buio non è poi così diverso dalla luce, no?» Gattavius si allontanò, e io rabbrividii per l'improvvisa assenza del suo tepore.

«Forse per voi gatti. Ma noi umani non ci

vediamo al buio come siete in grado di fare voi.» Mentre pronunciavo quelle parole, mi venne un'idea. I due felini erano le uniche creature presenti sul treno a riuscire a vedere senza l'ausilio di una torcia, pertanto erano anche gli unici due a poter andare in giro di soppiatto senza attirare l'attenzione.

«Octavius, Grizabella» chiamai, incerta su dove si trovassero esattamente in quel momento. «Potete fare un giro per i vagoni per vedere se riuscite a scoprire qualcosa di sospetto?»

«Cosa rende sospetto un essere umano?» domandò l'himalayana fendendo l'oscurità con la sua voce dolce e melodiosa.

Bella domanda. Concentrarsi sull'indagine mi avrebbe aiutata a scacciare la paura. Continuare a preoccuparmi avrebbe soltanto interferito con le mie capacità, mentre avevo bisogno di tutta la mia arguzia, dal momento che uno dei miei sensi era stato messo fuori gioco.

«Ad esempio, se ha addosso tracce di sangue. Oppure se si aggira in modo furtivo, o sembra in cerca di qualcosa. Non abbiamo ancora idea del perché Rhonda sia stata uccisa; quindi, finché non lo capiremo, dovremo cercare indizi generici. Chiaro?»

«Possiamo riuscirci» mi assicurò Gattavius con voce un po' più profonda della norma, che supposi facesse parte del suo maldestro tentativo di comportarsi da grande conquistatore. «L'unico problema è che ci serve un umano che apra le porte che separano i vagoni l'uno dall'altro.»

Oh, giusto.

Proprio in quel momento, neanche a farlo apposta, la porta del vagone in cui ci trovavamo si aprì e i miei genitori si precipitarono dentro, preceduti dalla luce delle torce dei loro cellulari abbinati.

«Spegnetene una!» sibilai. «Dobbiamo risparmiare tutta la batteria possibile. Non sappiamo per quanto resteremo bloccati qui senza corrente elettrica.»

«Anche a noi fa piacere vederti» mi prese in giro mia madre.

Appoggiando una mano alla parete per non perdere l'equilibrio, tentai di alzarmi in piedi ma non ci riuscii: «Mamma, papà. C'è stato un omicidio.»

«Cosa!? Quando?» pretese di sapere mio padre, balzando in avanti e chinandosi per controllare che non fossi ferita.

«Subito prima che saltasse la luce e il treno si fermasse.»

Mia madre si lasciò scivolare a terra, abbracciandomi e portandosi la mia testa al petto. «Oh, Angie. Hai corso un grosso rischio a venire qui tutta sola.»

«Beh, ora ci siete voi, quindi va tutto bene. Vedete?» Mi sforzai di sorridere, ma mia madre aveva già rivolto la torcia altrove.

«Non riesco a vedere praticamente niente» si lamentò.

Mi sciolsi dal suo abbraccio e mi rizzai a sedere: «Papà, ascolta. Puoi andare a cercare qualcuno che lavori per l'agenzia ferroviaria, dirgli che c'è un cadavere e che si è trattato sicuramente di un omicidio? Telefona a mamma se ti servono maggiori dettagli. Il mio telefono è quasi del tutto scarico.»

«Certo» rispose lui con voce sicura, da cui non trapelava il minimo timore. «Ma voi due cosa farete?»

«Hai davvero bisogno di chiedercelo?» rispose mia madre. Riuscivo perfettamente a immaginarmela, con una mano appoggiata sul fianco e gli occhi socchiusi, anche se era ancora seduta a terra accanto a me.

«Risolverete l'omicidio» rispose lui con una risatina d'intesa. «Ho capito. Però, fate attenzione!»

Mia madre si alzò in piedi, lasciando il cellulare con la torcia accesa per terra di fianco a me: «Anche tu» gli disse. «Ti amo troppo per perderti!» Quelle parole furono seguite da un eloquente rumore di sbaciucchiamento che riempì il silenzio del vagone. C'era da aspettarselo.

«Lo stesso vale per voi due» rispose mio padre prima di riaccendere la torcia del cellulare e lasciarci da sole per andare a fare ciò che gli avevo chiesto.

«Aspetta!» gli gridai dietro un istante prima che la porta si richiudesse alle sue spalle. «Seguitelo» dissi ai gatti. «Papà, fai attenzione alle porte. I gatti ti seguiranno per vedere se riescono a scoprire qualcosa di sospetto.»

«Sissignora.» Era probabile che mi avesse rivolto il saluto militare, ma riuscivo a scorgere ben poco a causa dell'angolazione della torcia. Parecchio tempo prima, mia madre gli aveva parlato della mia capacità di parlare con gli animali, ma lui non aveva mai lavorato a un caso con me e Gattavius—finora. Apprezzai che avesse acconsentito senza ribattere o mettersi a fare domande.

«Quando torna lui, tornate anche voi due, ok?» dissi ai felini.

Il corpo marrone striato di Gattavius entrò nella zona illuminata dalla torcia, e lui si voltò, fissandomi accigliato: «Per cortesia, Angela» soffiò. «Ho tutto sotto controllo. Prima le signore, Grizabella.»

L'himalayana lo precedette fiduciosa, con la coda e il naso ben sollevati. La porta si richiuse dietro di loro. In un attimo erano spariti.

«Mostrami la scena del crimine» disse mia madre

senza perdere nemmeno un secondo. Anche se l'investigatrice privata di famiglia ero io, lei era una reporter esperta, che amava risolvere misteri. Avevamo collaborato a un caso una sola volta prima di allora, ma ero ben felice di averla al mio fianco in quel momento.

Mi asciugai l'ultima lacrima, mi alzai in piedi e diressi la mano di mia madre—e di conseguenza la luce del cellulare—verso la porta della stanza in cui giaceva Rhonda: «È lì dentro» mormorai.

Tenni la mano sulla sua e aprimmo la porta insieme. Questa volta sapevo cosa avremmo trovato, e quella consapevolezza mi rese un po' più facile tornare lì dentro, nonostante il buio che avvolgeva ogni cosa.

7

Mia madre si fece strada nella stanza privata della vittima. Il corpo di Rhonda giaceva esattamente dove lo avevo trovato pochi minuti prima. Povera donna.

«Direi che la prossima volta dovremmo optare anche noi per i vagoni di lusso» disse mia madre, spostando il fascio di luce della torcia da un lato all'altro della stanza e illuminando i comodi pezzi d'arredamento che prima non avevo avuto modo di notare. «Anche se questa non è certo una bella pubblicità per la prima classe.»

«Puoi dirigere la luce sul corpo di Rhonda?» chiesi, ignorando la sua intempestiva battuta. «Voglio controllare se prima mi sono persa qualcosa.» Perché, se non avevo notato nulla della stanza, probabilmente mi ero persa anche qualche altro indizio importante.

«La conoscevi?» chiese mia madre in tono sorpreso.

«Ci siamo incontrate nel vagone ristorante e abbiamo chiacchierato un po'.»

«Cosa vi siete dette?» Trovò l'interruttore della luce sulla parete e provò ad azionarlo un paio di volte, tanto per sicurezza. Ma non accadde nulla.

La presenza di mia madre mi rassicurava. Non soltanto perché non ero più da sola, ma anche perché avrebbe potuto notare qualcosa che altrimenti io avrei potuto trascurare. Insieme potevamo fare un buon lavoro, o per lo meno evitare che la situazione peggiorasse ulteriormente.

«Mi ha chiesto di sedermi al tavolo con lei e abbiamo parlato dei nostri gatti come ci si aspetta da due brave gattare» ammisi con un sorriso benevolo, ricordando quanto avesse insistito affinché le tenessi compagnia. «L'himalayana è sua, e Gattavius è innamorato perso.»

«Ha sempre apprezzato la grazia e la raffinatezza» disse mia madre con espressione pensierosa. Poi si schiarì la voce e puntò la torcia sul corpo di Rhonda. «Ti ha detto qualcosa che possa aiutarci a capire perché è stata uccisa?»

Mi morsi il labbro mentre osservavo con attenzione il volto di Rhonda: la sua espressione non era distorta dal terrore né dalla rabbia. Sembrava in pace e, fra tutte, era la cosa che trovavo più sconvolgente. «Non ci siamo dette molto, e non pensavo che rammentare quella conversazione sarebbe stato così fondamentale, però una cosa che mi ha colpita, in effetti, c'è. Non sapeva, o non voleva dire, dove fosse diretta.»

Mia madre trasalì a quella rivelazione, voltandosi a fissarmi a occhi sgranati: «Che vuoi dire?»

«Le ho detto che stavamo andando in Georgia, e lei ha risposto che probabilmente sarebbe scesa prima. *Probabilmente.* Non lo sapeva con certezza.»

«Quindi non aveva in mente una meta precisa» riassunse mia madre.

«È quello che penso anch'io. Oppure, è successo qualcosa che l'ha spinta a voler scendere prima di quanto avesse in programma.» Inoltre, Rhonda sembrava distratta e guardava continuamente fuori dal finestrino. Le cose potevano essere correlate?

«A quanto pare non le è servito a molto.» Mia madre abbassò la torcia sul corpo di Rhonda e si fermò quando la luce illuminò lo stomaco. «Accoltellata più volte. Cinque, sembrerebbe. Difficile a dirsi, con tutto quel sangue.»

Mi venne la nausea ripensando a quanto avessi desiderato una bistecca a cena. Ora probabilmente non avrei mai più voluto mangiarne una—o, per lo meno, avrei usato un coltello da burro per tagliarla. «Qualcuno è stato abbastanza lungimirante da prendere un coltello da carne dal vagone ristorante; tuttavia, la presenza di più ferite fa pensare a un delitto passionale.»

«Quindi solo un certo grado di premeditazione. Mmm.» I capelli dalla piega accurata di mia madre non si mossero di un centimetro quando lei scosse il capo da una parte all'altra. Tuttavia, piccole rughe le si erano formate sulla fronte e agli angoli della bocca, mentre fissava pensierosa il corpo di Rhonda.

«Grizabella, la sua gatta, ha detto di aver sentito Rhonda parlare con qualcuno che era entrato nella stanza. Lei si trovava in bagno in quel momento e non è riuscita a capire cosa si dicessero. Non sa neanche se il nuovo arrivato fosse un uomo o una donna» rivelai. Volevo accertarmi di fornirle tutte le informazioni in mio possesso.

Mia madre sospirò: «Quindi non abbiamo molto su cui basarci.»

«Forse nella stanza ci sono degli indizi. Visto che hai la luce, potresti dare un'occhiata in giro. Io vedo se riesco a scoprire qualcosa dal suo cellulare.»

Lei si voltò verso di me così rapidamente che mi mancò il respiro per lo spavento: «Perché non hai la luce?»

«Il mio telefono è quasi scarico. Meglio conservare la poca batteria rimasta in caso di emergenza.»

Mia madre sospirò: «Ti direi di essere più responsabile, ma suppongo che questa esperienza ti sia bastata come lezione. Cerchiamo il cellulare della vittima, così potrai darti da fare.»

Prese a spostare il piccolo fascio di luce per la stanza e individuò quasi subito il telefono di Rhonda: era appoggiato su una cassettiera di fianco a un beauty da viaggio che sembrava adatto per trucchi e articoli per l'igiene personale. «Comincerò da questo» disse mia madre, aprendo la cerniera dell'astuccio e passando in rassegna il contenuto.

Nel frattempo, io presi il cellulare, augurandomi di riuscire ad accedervi facilmente. Sì! Per fortuna Rhonda aveva deciso di utilizzare l'impronta digitale per sbloccare il telefono, anziché un codice d'accesso. Così, tornai verso di lei e, con tutta l'attenzione e il rispetto possibili, premetti il suo indice sul display. La schermata di blocco nera lasciò il posto a una foto di Grizabella che, seduta su un cuscino rotondo, fissava dritto l'obiettivo.

Oh, che tenerezza. Rhonda aveva amato moltissimo la sua gatta.

Ma pur essendo molto dolce, ciò non mi avrebbe aiutata a capire chi l'aveva uccisa e perché. Dovevo saperne di più, andare al di sotto della superficie durante la ricerca e trovare qualcosa che potesse metterci sulla pista giusta.

Così, per prima cosa, controllai la sua casella di posta elettronica.

Feci una smorfia alla vista del gran numero di messaggi non letti. Sono una di quelle persone che ci tengono ad avere la casella di posta elettronica in ordine e la svuoto regolarmente, per cui non capisco la gente che conserva migliaia di email non lette, soprattutto quando è evidente che la maggioranza sono messaggi spam. Dopo averne scorso varie decine senza trovare altro che blog di gatti e abiti in offerta, decisi di dare un'occhiata ai social network.

Cosa per nulla sorprendente, l'account Instagram di Rhonda era dedicato a Grizabella. Aveva solo all'incirca duemila follower, ma questi interagivano con regolarità con i post. Diedi un'occhiata ai *Mi piace* più recenti e scoprii che le foto del profilo di quasi tutti gli utenti ritraevano un gatto o una persona sorridente accanto a un gatto. Beh, era evidente che Rhonda utilizzava Instagram per uno scopo molto preciso—quello e nient'altro.

Su Twitter seguiva alcuni politici e altri personaggi famosi, ma non c'erano tweet creati da lei. Anche quella pista si rivelò un vicolo cieco.

Ma cosa avrei trovato su Facebook? Auspicabilmente, qualcosa di un po' più utile.

Lì, Rhonda aveva pochissimi amici e postava molto di rado. L'aggiornamento più recente era un check-in in una stazione ferroviaria del New Brunswick—il che era strano, perché ero ragionevolmente certa di averla vista sul binario quando avevamo preso il treno a Bangor.

C'era scritto soltanto: *In partenza per un altro viaggio!*

Scorrendo la bacheca non trovai altro che la solita miscela di foto di bimbi, foto di matrimoni e qualche vanteria del suo modesto gruppetto di amici. Mmm.

«Angie» bisbigliò mia madre. Non bisbigliava mai, quindi, qualsiasi cosa avesse da dire, supponevo si sarebbe rivelato utile. «Ho trovato qualcosa.»

Agitai il cellulare di Rhonda per illuminare la stanza e la vidi seduta sul bordo del letto con le gambe incrociate all'altezza delle caviglie. Teneva in mano una piccola scatoletta, e mi rivolse un sorriso eccitato.

Finalmente un indizio!

8

Come la maggior parte delle persone più grandi di me che conoscevo, Rhonda aveva il telefono completamente carico, quindi non dovevo preoccuparmi di consumare troppa batteria—grazie al cielo! Utilizzai la luce dello schermo per vedere dove mettevo i piedi mentre superavo con cautela il cadavere e raggiungevo mia madre sul letto.

«È la sua agenda» mi disse lei, sfogliando le pagine per mostrarmela. «Sai, tipo l'app Calendario, ma cartacea.»

«Eddai, mamma! So cos'è un'agenda.» La copertina era di pelle azzurra, presumibilmente della stessa tonalità degli occhi di Grizabella. Le pagine avevano i bordi dorati, come se si trattasse di una Bibbia.

Mia madre scosse il capo e continuò a cercare tra le annotazioni finché non giunse alla settimana in corso: «Guarda qui» disse, indicando lo spazio riservato al giorno precedente. «Ha preso il treno nel New Brunswick. Quindi è salita prima di noi.»

«Ho trovato la stessa informazione sul suo profilo Facebook, ma giurerei di averla vista salire sul treno mentre salutavamo la nonna. Era di fretta, tuttavia ricordo perfettamente quel lussuoso trasportino.»

Mia madre si sistemò i capelli perfettamente laccati dietro le orecchie, ma quelli tornarono all'istante nella posizione originale: «Oh! Io non ricordo di averla vista; forse era scesa solo per sgranchirsi un po' le gambe.»

«O per salutare qualcuno che la aspettava alla stazione» suggerii. Ok, l'avevo vista soltanto risalire sul treno da sola, ma era comunque possibile.

«Quindi è scesa, ma è risalita» ricapitolò mia madre stringendosi nelle spalle. «Aspetta. Vediamo che altro dice qui.»

Mentre continuava a sfogliare l'agenda, io riaprii la casella di posta elettronica di Rhonda e cercai il nome della società ferroviaria. Proprio come avevo pensato, poiché non cancellava le email, il suo itinerario di viaggio comparve subito.

«Era diretta a Houston» dissi a mia madre. Stentavo a credere che qualcuno fosse disposto ad affrontare un viaggio così lungo in treno; ma forse, con una stanza privata a disposizione, non sarebbe stato poi così terribile. E comunque era chiaro: o mi aveva mentito volutamente, o aveva cambiato programma all'ultimo minuto. «Mi ha detto che probabilmente sarebbe scesa prima di arrivare in Georgia.»

Mia madre si alzò in piedi e marciò verso di me, poi mi ficcò l'agenda nella mano libera: «Qui c'è scritto che avrebbe partecipato a un'esposizione felina dalle parti di Houston all'inizio della prossima settimana.»

Quindi si trattava di un cambiamento di programma improvviso. «Mi chiedo se la persona che ha incontrato alla nostra fermata le abbia detto qualcosa che l'ha spaventata. Forse l'ha minacciata. Magari mi ha chiesto di farle compagnia nel vagone ristorante perché si sentiva più al sicuro a non trovarsi da sola.»

Mi sentivo malissimo. Avevo forse avuto la possibilità di salvarla, e me n'ero andata in tutta fretta solo perché non avevo voglia di stare a sentire l'ennesimo noioso aneddoto sulla sua gatta?

«Ci sono troppi forse» disse mia madre, strofinandomi una spalla come se sapesse che mi sentivo in parte responsabile per ciò che era accaduto alla povera Rhonda. «Concordo che tutto questo sia molto sospetto, ma non abbiamo nessuna informazione certa.»

Cercai di mettere da parte i miei sentimenti e di concentrarmi sui fatti. Che avessi svolto o meno un ruolo nell'accaduto, tutto ciò che potevo fare ora era cercare giustizia per quella donna così sola, che amava la sua gatta più di qualsiasi altra cosa al mondo.

«Indossava una collana quando l'ho incontrata, che era sparita quando io e Gattavius siamo arrivati qui, presumibilmente pochi minuti dopo l'omicidio» dissi a mia madre, sforzandomi di superare quel momento di difficoltà.

Lei si accigliò, mi prese l'agenda dalle mani e la ripose dove l'aveva trovata: «Una collana mancante. Un rapido giro in stazione a Bangor. Il viaggio a Huston saltato. Cinque ferite inflitte con un coltello. Abbiamo tanti frammenti di informazioni, ma non abbastanza da comprendere che tipo di immagine stiamo cercando di ricostruire.»

«E non dimentichiamo la gatta sconvolta. Sono stati i miagolii disperati di Grizabella a farci capire che era successo qualcosa di brutto.» Nonostante l'atteggiamento freddo quando ci eravamo viste per la prima volta nel vagone ristorante, la sua reazione alla prematura dipartita di Rhonda mostrava chiaramente che la gatta ricambiava l'amore della sua proprietaria con altrettanta profondità.

«Questo è interessante. L'assassino potrebbe essere un'altra persona legata al mondo delle esposizioni feline, magari il proprietario di un altro gatto, geloso del successo di Grizabella?» azzardò mia madre, riprendendo di nuovo l'agenda e stringendola fra le mani mentre proseguivamo con il discorso. «In fin dei conti, stavano andando a un'esposizione. Forse qualcuno l'ha minacciata, le ha intimato di farsi da parte per quest'anno, di modo che un altro gatto potesse vincere.»

«Non credo che le esposizioni feline funzionino come i concorsi di bellezza» dissi con una risatina caustica. Ridere mi faceva bene: evitava che l'orrore mi si insinuasse nella mente. «Però non è male come teoria: un rivale geloso la uccide e si porta via la collana per farla sembrare una rapina.»

Mia madre annuì, ma la sua espressione rimase tetra: «Ci sono motivi peggiori per porre fine a una vita. Non molti, bada bene, ma sono certa che ve ne siano alcuni.»

La porta si spalancò in modo così improvviso da farci sobbalzare entrambe per lo spavento. Il cuore prese a martellami nel petto.

«C'è nessunoooooooo?» gridò una giovane voce maschile. Poi il ragazzo sobbalzò e la voce gli si fece più acuta: «Santo cielo, quindi quel pazzo diceva la verità, dopotutto.» Entrò nella stanza e illuminò il corpo di Rhonda con una torcia a foggia di lanterna. Riconobbi subito quei riccioli rossi: era il dipendente del vagone ristorante, quello da cui stavo per comprare degli snack prima che Rhonda mi invitasse al suo tavolo.

«Salve. Il pazzo è mio marito» disse mia madre facendo un gesto di saluto amichevole con la mano.

Il ragazzo—poco più che un adolescente—barcollò all'indietro e si portò una mano al petto: «Cavolo, non lo faccia più! Credevo che il morto si fosse rianimato!»

Ok, quel giovanotto aveva visto un po' troppi film sugli zombi. Inoltre, aveva accesso al vagone ristorante e quindi a tutti i coltelli presenti. Era possibile che fosse l'assassino, di ritorno sulla scena del crimine? In quel caso, io e mia madre saremmo di certo riuscite a sopraffarlo. Non che volessi essere coinvolta in una colluttazione dall'esito potenzialmente letale... né ora, né mai.

«Che cosa ci fa lei qui?» gli chiesi osservandolo attentamente. La sua pelle pallida e piena di imperfezioni appariva spettrale alla luce fioca della lanterna.

Le braccia smilze non sembravano abbastanza forti da infliggere le ferite visibili sul corpo di Rhonda; tuttavia, si sentono storie su giovani madri che riescono a sollevare veicoli pur di salvare i figli rimasti intrappolati.

«Il mio capo mi ha mandato a controllare, dato che la mia postazione è la più vicina. Ha detto che—» Si fermò di colpo e sollevò la lanterna più in alto. «Ah! Bel tentativo di distrarmi! Cosa ci fate *voi due* qui tutte sole con un cadavere?»

Fece un altro lungo passo indietro, fino a ritrovarsi nel corridoio; un'espressione di terrore aveva sostituito quella accusatoria: «Aspettate! L'avete uccisa voi? Ucciderete anche me?»

«Beh, dipende...» disse mia madre, avvicinandosi a passi lenti al ragazzo terrorizzato.

Caspiterina! Cosa stava succedendo?

9

«Mamma!» gridai, assestandole una gomitata nello stomaco.

«Sta solo scherzando» mi affrettai a rassicurare il giovane. Quel poveretto non si era certo recato al lavoro pensando di dover avere a che fare con un cadavere e una reporter mezza matta—e il bizzarro senso dell'umorismo di mia madre di sicuro non aveva contribuito ad allentare la tensione.

Lei non disse nulla, così continuai a parlare nervosamente, arrivando perfino ad alzare le mani per mostrare al giovanotto terrorizzato di fronte a noi che non avevamo intenzione di fargli alcun male: «Siamo state noi a trovare il corpo. Mio padre è andato a parlare con il suo capo, e noi siamo rimaste qui per accertarci che nessuno contaminasse la scena del delitto. Lei lavora nel vagone ristorante, giusto? Mi sembra di averla vista lì, prima. Come si chiama?»

Lui rientrò nella stanza, le spalle curvate in avanti in atteggiamento difensivo o, forse, di sconfitta: «Sì, ero proprio io. Mi chiamo Dan e sto solo cercando di fare il mio lavoro, e... ecco... di non farmi ammazzare.»

«Non è quello che stiamo facendo tutti, in fondo?» chiese mia madre. Le assestai un'altra gomitata nelle costole.

«Io mi chiamo Angie, vengo dal Maine e sono un'investigatrice privata. Il nome della vittima è Rhonda Lou Ella Smith. L'ho conosciuta solo oggi. Forse ci ha viste insieme nel vagone ristorante.»

Dan annuì, tentando perfino di sorridere: «Sì. Sì, mi pare di sì.»

Bene. Era un passo avanti. Dopo che mi ebbe riconosciuta, si rilassò abbastanza da riuscire a conversare in modo razionale e smettere di accusare me e mia madre di omicidio.

«Sto cercando di raccogliere tutti gli elementi possibili, per poi passarli alla polizia quando arriverà» continuai, facendo un cenno verso l'agenda che mia madre teneva ancora fra le mani e mostrandogli il cellulare nella mia. «È tornata ancora al vagone ristorante? Oppure è rimasta fino a tardi? Ha notato qualcosa di strano in lei?»

Dan prese il telefono che gli porgevo, ma non fece nulla, se non stringerlo in mano, tenendo il braccio lungo il fianco. Tuttavia, sembrava essersi rilassato ulteriormente. In fin dei conti, nessun assassino ti metterebbe fra le mani una prova che potrebbe facilmente incastrarlo.

«Non saprei» disse dopo una breve pausa. «Mi sembrava abbastanza a posto. Strana, ma a posto.»

«In che senso strana?» domandai, tenendo lo sguardo fisso sul cellulare. Avevo bisogno che me lo restituisse, prima o poi.

«Continuava a parlare con il suo gatto come se si trattasse di una persona. Ho notato che la gente le lanciava occhiate beffarde, ma io penso che fosse dolce. In fin dei conti, chi può dire che i gatti non capiscono ciò che diciamo?»

«Certo» dissi in tono sbrigativo, grata per il fatto che mia madre tenesse la bocca chiusa, una volta tanto. Anche se riteneva che rivelando la mia abilità segreta avrebbe potuto realizzare un reportage di grande interesse, rispettava il fatto che io preferissi mantenere il riserbo sul mio strano superpotere. «Sa a che ora è arrivata nel vagone ristorante, o quando se n'è andata?»

«È arrivata non appena siamo ripartiti dalla stazione di Bangor» rispose Dan con un cenno di assenso. «Me lo ricordo perché era la prima cliente e siamo stati lì da soli finché non è arrivata lei, poco dopo.»

«Avete parlato?»

«Solo lo stretto necessario per l'ordinazione. Ne ha fatta una bella grossa.»

«Saprebbe dirmi se—?»

La porta si spalancò di nuovo, e mio padre entrò a passo di marcia. I gatti lo seguirono all'interno, poi una quinta figura si unì al nostro gruppetto nella carrozza privata. Mio padre spense la luce del cellulare—non era più necessaria ora che c'era Dan con la lanterna—poi si posizionò di fianco a mia madre.

I gatti rimasero in silenzio di fianco alla porta, intenti a osservarci.

Non riuscivo a capire chi fosse il nuovo arrivato, poiché la falda del suo cappello disegnava ombre inquietanti sul suo volto. Ma poi lui prese la parola, e a quel punto non ebbi più alcun dubbio sulla sua identità.

«Wow» disse, con un sospiro teatrale. «Uno legge di queste cose. Scrive di queste cose. Ma non crederebbe mai di imbattersi in un omicidio nella vita reale. Su un treno, poi. Fa così tanto Agatha Christie!»

«Calma, Tolstoj. È stata uccisa una persona qui. Mostra un po' di rispetto per chi non è più fra noi» lo avvertì mio padre, cingendo protettivamente la vita di mia madre con un braccio.

«Chi è questo tizio?» chiese Dan, avvicinando la luce allo scrittore che si era autoinvitato nella carrozza privata.

«Il mio nome è Melvin Mann. Ricordatevelo, perché presto lo vedrete in cima alle classifiche dei bestseller del New York Times!» Non ne ero del tutto certa per via della scarsa illuminazione, ma ebbi l'impressione che avesse agitato le mani con i palmi in fuori e le dita allargate, come fanno certi ballerini nei musical, per sottolineare quella dichiarazione.

Oh, cielo.

«Ok, Melvin» dissi lentamente, cercando di non strozzarmi mentre parlavo. «Questa è la scena di un crimine, non la Grand Central Station di New York. Credo sia meglio che lei torni subito al suo posto.»

«Ah, davvero? E che cosa darebbe a chiunque di voi più diritto di restare qui di quanto ne abbia io?» Incrociò le braccia sul petto e fece un passo avanti, portandosi verso il centro della stanza.

«Sono un'investigatrice privata. Ecco cosa me ne

dà il diritto.» Dovevo davvero giustificarmi con ogni nuovo arrivato? Sì, a quanto pareva.

Lui si chinò in avanti, abbassandosi di vari centimetri in modo da fissarmi dritto negli occhi: «Lo dimostri!» Le sue parole grondavano autocompiacimento. Non soltanto quel tizio si riteneva migliore di chiunque altro, ma sembrava anche pensare che io fossi una bugiarda, o un'inetta. Mi fece davvero infuriare.

«Cosa!? Non ho modo di dimostrarlo, deve credermi sulla parola.»

Lui si raddrizzò, torreggiando su di me: «Mi mostri un biglietto da visita, o qualcos'altro.»

«Spiacente, non ho con me un biglietto da visita.» Mi sarei rivoltata le tasche dei pantaloni per dimostrarglielo, se le avessi avute. Sembrava il tipo di persona che apprezza i gesti pomposi, come se la vita fosse uno di quei romanzi melodrammatici dai toni esagerati.

L'uomo mi puntò un dito contro con tanta forza che probabilmente mi sarebbe rimasto il livido: «Ah-ah! Sapevo che stava solo fingendo!»

Mio padre balzò al mio fianco e lo fissò con tale ferocia che l'altro non poté fare a meno di fare un passo indietro.

«Guarda, possiamo restare qui a discuterne finché

l'assassino non trova anche noi» gli disse, senza staccare nemmeno per un secondo lo sguardo severo dallo scrittore. «Oppure possiamo collaborare per risolvere questa storia.»

«Oooh, quest'idea mi piace» disse Melvin, strofinandosi le mani in un modo minaccioso che non mi piaceva per niente. «Sarà fonte di grande ispirazione per l'arco narrativo più misterioso del mio romanzo.»

In un colpo solo trattenni un sospiro e un gemito, e mi sforzai di non alzare gli occhi al cielo: «Prima mi ha chiesto un suggerimento su personaggi sospetti. Allora perché non va a vedere se ne trova qualcuno?»

«Non le stavo affatto chiedendo suggerimenti sui personaggi. Sono benissimo in grado di crearmeli da solo, grazie tante. Le ho solo chiesto un sinonimo.»

«Fai come dice lei, Salinger dei miei stivali» ringhiò mio padre, facendo un altro passo avanti con fare minaccioso.

Melvin rimase fermo dove si trovava, un sorriso che gli serpeggiava sul viso: «Lei può anche pensare che chiamarmi con i nomi di grandi scrittori del passato sia un insulto, ma in realtà è proprio il contrario.»

Mio padre, però, non fece nulla per ritrattare.

Mi rivolsi a Dan, decisa a porre fine a quella gara di machismo—o qualunque diavolo di cosa fosse.

«Potrebbe andare a parlare con i suoi capi? Per capire se il treno ripartirà o se la polizia ci raggiungerà qui. Se arriverà un aiuto di qualche genere.»

«Va bene» disse lui, alzando i pollici e rivolgendomi un sorriso. Se non altro, era più propenso a collaborare di Melvin Mann. L'altezzoso scrittore si sarebbe rivelato senza dubbio una bella gatta da pelare in quell'indagine.

«Ottimo. Grazie mille.» Li spinsi entrambi verso la porta. «Ah, un'ultima cosa: tenete all'oscuro gli altri passeggeri. Un attacco di panico collettivo è l'ultima cosa di cui abbiamo bisogno al momento.»

«All'oscuro» ripeté mia madre con una risatina. «Buona questa.»

Lei e la nonna potevano anche non avere un legame di sangue, ma vi giuro che a volte era semplicemente impossibile non notare quanto si somigliassero. Mia madre era decisamente più pragmatica e assai meno estrosa sia di me che della nonna, ma era certamente una di noi.

Eravamo una famiglia, e niente, nemmeno la recente scoperta che la nonna non ne era la madre biologica, avrebbe cambiato questo fatto.

10

Dopo che Dan e Melvin furono usciti, chiusi la porta a chiave per avere finalmente un po' di privacy.

«Mamma, papà, potete continuare a esaminare la stanza? Io vado a parlare con i gatti» dissi, quando il rumore dei passi dei due uomini in corridoio si spense.

«Certo, tesoro» rispose mia madre a nome di entrambi. «Eviteremo di starti tra i piedi, Miss Detective che parla con gli animali.» Era lei ad aver scelto quel nome per la nostra agenzia investigativa e ne era estremamente orgogliosa—anche se in realtà io lo detestavo. Per la serie Non-sbandieriamo-i-segreti-di-Angie-sotto-il-naso-di-tutti. Ovviamente io fingevo che fosse solo una trovata pubblicitaria, ma mi chiedevo se quello strano nome fosse il motivo per cui, a oggi, non avevamo avuto nemmeno un cliente pagante.

«Andiamo a sederci sul letto, così non staremo loro in mezzo ai piedi» dissi ai gatti; invece fu mio padre a muoversi in quella direzione, convinto che parlassi con lui.

Mi sfuggì una risatina d'imbarazzo. Non si era ancora abituato alla situazione, ma stava per scoprire tutto d'un colpo come funzionavano le cose quando lavoravo a un caso con l'aiuto degli animali.

«Oh, intendevi...» Rivolse la luce del cellulare verso Grizabella e lei, spaventata, si mise a soffiare. «Beh, allora divertitevi» concluse lui, arretrando lentamente.

«Perché gli hai soffiato?» chiesi all'himalayana, senza preoccuparmi di nascondere l'irritazione mentre la fissavo a occhi stretti.

«Mi ha ficcato quella luce dritto negli occhi. Che male!»

Ops. Non aveva torto.

«Scusa, non l'ha fatto apposta.» Mi chiesi nuovamente se avrei dovuto accarezzarla per confortarla un po', ma anche questa volta decisi di non farlo. Avevo il sospetto di non piacere molto a Grizabella, e mi sarebbe dispiaciuto scoprire che avevo ragione mentre l'indagine era ancora in corso.

Prendemmo posto sul letto. La vista del copriletto ancora perfettamente teso mi fece supporre che Rhonda non avesse nemmeno cercato di dormire prima di essere raggiunta dall'assassino. I gatti si acciambellarono su un cuscino, così io presi posto più giù, seduta sul materasso.

«Ok, cosa avete scoperto durante il giro di ricognizione?» Intravedevo le loro sagome grazie alla poca luce che arrivava fin lì dal cellulare dei miei genitori.

«Niente» rispose Grizabella per entrambi. Sembrava quasi annoiata.

«Ma avete seguito mio padre per tutto il tempo, giusto?»

«Sì» mi assicurò Gattavius. «Ma non abbiamo trovato nulla che abbia attirato la nostra attenzione.»

Beh, questo non me l'aspettavo. Ero certa che il mio esploratore felino avrebbe scoperto almeno qualcosa di utile. «Davvero non c'era nessuno che sembrasse sospetto? Neanche dall'odore? O che abbia detto qualcosa di strano, Griz?»

Un ringhiò minaccioso sì levò nell'oscurità: «Non chiamarmi a quel modo! Il mio nome è Grizabella e, come ti ho appena detto, non ho notato niente. Questa situazione è molto difficile per me, quindi presta attenzione quando parlo, in modo da non costringermi a ripetere.»

Caspita, faceva quasi passare la voglia di aiutarla.

Trassi un profondo respiro e mi ripetei che era in lutto, e probabilmente più impaurita dall'accaduto di quanto lo fossimo io e Gattavius. Noi avevamo già indagato sui degli omicidi, mentre Grizabella, di certo, non aveva mai dovuto affrontare niente di simile.

Perché mai avrebbe dovuto? Era una situazione con cui nessuno avrebbe mai dovuto confrontarsi.

«Ti chiedo scusa» dissi, sperando che credesse alla sincerità delle mie parole. Mi dispiaceva davvero molto per tutto quello aveva dovuto patire finora e per ciò che avrebbe ancora dovuto affrontare prima che il caso venisse risolto. «Fatico a credere che si sia trattato di una rapina. Qualcuno voleva uccidere Rhonda, e voglio capire perché.»

«Guarda qui!» gridò mia madre, facendo la sua comparsa sulla soglia del bagno. Da dietro le sue spalle, mio padre fece luce sull'oggetto che mamma teneva fra le mani: un portagioie in legno intagliato, riccamente decorato.

«Non credo che si sia trattato di una rapina» osservò lei, dimostrando che la pensavamo allo stesso modo. «Altrimenti, perché non portarsi via questo?

Qui dentro ci sono diamanti e altre pietre preziose per un valore di migliaia di dollari.»

Tutte le collane, i braccialetti e gli orecchini presenti erano uno più luccicante dell'altro, e molti di essi erano decorati con grossi zaffiri. Anche questa volta mi chiesi se Rhonda avesse scelto quel colore perché era lo stesso degli occhi della sua gatta.

«Questi sono tutti d'argento» puntualizzai. «Ma la collana che indossava quando l'ho incontrata nel vagone ristorante era d'oro e di perle.»

Mia madre cercò meglio nel portagioie, scuotendo il capo: «Non c'è niente del genere qui.»

Grizabella, dall'altro lato del letto, prese la parola: «La collana che indossava oggi era il suo bene più prezioso, un cimelio di famiglia regalatole da sua nonna.»

«Quindi chi ha preso la collana voleva quel cimelio, ma non gli altri gioielli, presumibilmente di valore ancora maggiore» riassunsi a beneficio degli umani che non parlavano gattese, strofinandomi il mento mentre cercavo di capire che senso avesse quella nuova informazione.

«Oppure l'assassino ha agito per una ragione completamente diversa, ma ha colto l'occasione al volo e ha rubato la collana che indossava senza pensare di perquisire la stanza in cerca di altri oggetti di valore» ipotizzò mia madre.

Mio padre si rannicchiò contro di lei da dietro e le depose un bacio sul collo: «Mi piace vederti in azione. Sei così brillante.»

«Ehi, voi due, non è il momento!» sbottai, distogliendo lo sguardo in tutta fretta. Anche se ero adulta, detestavo assistere alle loro dimostrazioni d'affetto pubbliche e plateali.

«Vi ricordo che qui c'è un cadavere!» dissi, indicando il corpo di Rhonda, sperando che rivolgessero la luce verso di me abbastanza in fretta da notare l'espressione di riprovazione sul mio volto.

«Scusa. Ci rimettiamo subito a cercare» disse mio padre, mentre mia madre si allontanava per riportare il portagioie in bagno.

«Grizabella» disse Gattavius con dolcezza. «Puoi parlarci della tua vita con Rhonda? Che cosa facevate voi due? Che posti frequentavate?»

Tutte ottime domande, soprattutto considerando che chiedere esplicitamente all'himalayana chi potesse volere morta la sua umana l'avrebbe quasi certamente portata a chiudersi di nuovo in se stessa o a un altro crollo emotivo.

La gatta rispose con un tono di voce da cui traspariva un sorriso: «Rhonda era un'umana molto gentile.

Viaggiavamo di continuo, di solito in treno. A volte su un jet di prima classe. Per lo più ci recavamo alle esposizioni feline, ma ogni tanto andavamo da qualche parte al solo scopo di scattarmi qualche foto in posti nuovi. Credo che Rhonda faticasse a restare a lungo nello stesso luogo, perché le ricordava quanto fosse sola.»

Quelle erano informazioni interessanti. Ero certa che, se Grizabella avesse approfondito l'argomento, avremmo scoperto qualcosa di importante.

«Che vuoi dire?» chiesi con dolcezza.

«Ho vissuto con Rhonda fin da quand'ero cucciola. Lei è stata tutto il mio mondo nei cinque anni che abbiamo trascorso insieme. Tuttavia, in tutto quel tempo, non ha mai ricevuto visite di amici, non è mai andata a un appuntamento, non ha mai fatto la maggior parte delle cose che gli umani fanno nei film e nei programmi televisivi.»

«Anche a me piace guardare la TV» intervenne Gattavius. «Ti piace *Law & Order*? È il mio programma preferito.»

«Cielo, no» rispose disgustata l'himalayana. «Preferisco di gran lunga le storie d'amore a quelle robacce violente.»

Gattavius incespicò sulle parole, cercando di rimediare al passo falso: «Oh, sì. Giusto. Hai visto

Harry ti presento Sally? Mi piace un sacco la scena in cui lei—»

«Octavius!» lo interruppi, supponendo che preferisse essere chiamato così in presenza di un'ospite tanto raffinata. «Non è il momento di parlare di questo. Dobbiamo saperne di più su Rhonda. È la nostra priorità adesso.»

«Grazie» mi disse Grizabella, sorprendendomi per quanto fosse educata e per il fatto di riconoscere che ne avevo fatta una giusta.

«In situazioni normali mi piace chiacchierare di frivolezze, ma in situazioni normali la mia umana sarebbe al mio fianco sana e salva. Oh, la mia povera signora...» la sua voce si spense, ma poi la gatta emise lo stesso terribile urlo di dolore che ci aveva messi in allerta all'inizio.

«Oh, no! Che ne sarà di me, ora che lei è morta?»

Avrei voluto poterle dare una risposta, ma purtroppo ne avevo ancora meno idea di quanta ne avesse lei, soprattutto se Rhonda era stata davvero una persona così sola come ci aveva appena rivelato Grizabella.

11

L'himalayana emise un altro urlo di dolore.

«Cosa c'è che non va?» strillarono i miei genitori all'unisono.

«Va tutto bene» assicurai loro. «Beh, in realtà no. Grizabella si è appena resa conto che non sa cosa ne sarà di lei ora che la sua padrona non c'è più.»

«Oh, povera cara.» Mia madre attraversò la stanza mantenendosi vicina alla parete e si mise ad accarezzare la gatta addolorata: «Uno splendore come te troverà una nuova casa in men che non si dica.»

Grizabella smise di piangere, ma si scostò dalla mano che cercava di accarezzarla: «Non voglio una nuova casa. Rivoglio la mia vita con la mia signora!»

Mi si spezzò il cuore a quelle parole. Da quando avevamo trovato il cadavere di Rhonda, avevamo pensato solo a risolvere l'omicidio. Nessuno di noi si era preoccupato di capire come Grizabella stesse affrontando la situazione.

«Non ci sono dubbi sul fatto che Rhonda ti amava moltissimo. Caspita, ha perfino creato un account su Instagram interamente dedicato a te, e hai più di duemila follower.»

«Sì, ma quelli sono solo ammiratori» rispose la gatta con sprezzo. «Non conosco personalmente nessuno di loro.»

«Angela troverà una soluzione» le promise Gattavius facendo le fusa per farle capire che sarebbe andato tutto bene. «Ci riesce sempre.»

La maniglia della porta sbatacchiò, poi qualcuno iniziò a bussare con prepotenza, ponendo bruscamente fine a quell'affettuosa conversazione.

«Ehi» strillò Dan con la sua vocetta acuta da ragazzino. «Perché la porta è chiusa a chiave?»

Riprese a bussare freneticamente, e mio padre corse ad aprirgli: «Ci scusi!»

«Non volevamo rischiare che qualcuno entrasse qui accidentalmente» spiegai, tralasciando di spiegare che era anche una precauzione per proteggere il mio segreto. «Com'è andata? Cos'hanno detti i suoi superiori?»

Dan si voltò e lanciò un'occhiata alla porta come

se gli avesse mancato volutamente di rispetto, poi si girò verso di noi tenendo la lanterna ben sollevata: «La polizia sta arrivando, ma ci vorrà un bel pezzo, considerando il luogo sperduto in cui ci troviamo. Era prevedibile, no?»

«Già» dissi in tono amichevole, mentre i miei occhi si sforzavano di riabituarsi alla luce forte della sua torcia. «Hanno detto altro? Sanno perché il treno si è fermato?»

Lui scosse tristemente il capo, chiaramente spaventato: «Sanno solo che è stato manomesso in qualche modo. Chiunque sia stato, sapeva bene ciò che stava facendo e si è accertato che fosse impossibile ripartire senza l'intervento di un meccanico esperto che conosca bene questo tipo di treno.»

Dannazione!

L'espressione di Dan si fece meno grave, e il ragazzo fece oscillare la lanterna in modo scherzoso: «Ma ho anche una buona notizia.»

Gattavius mi si arrampicò in grembo; la sua presenza rassicurante mi dava forza. Questo caso era molto diverso da quelli che avevamo affrontato finora. Non avevamo litigato nemmeno una volta. Forse stavamo facendo dei progressi.

«Beh, cosa aspetta? Ce la dica!» chiese con risolutezza mia madre, che apprezzava le pause melodrammatiche solo se era lei a farle.

«Ripristinare l'elettricità sarà decisamente più semplice» disse Dan, dopo quell'energico rimbrotto. «Qualcuno ha tagliato dei cavi, ma abbiamo trovato un passeggero che sa come aggiustarli. È già all'opera.»

«Questa sì che è una bella notizia» concordò mia madre. Mi porse il suo cellulare: «Nonché un colpo di fortuna per chi non è stato abbastanza responsabile da ricaricare il telefono prima del viaggio.»

Mugugnai, afferrandomi con le dita l'attaccatura del naso. Il mal di testa non era decisamente ciò di cui avevo bisogno in quel momento. «Quindi, se non altro, la situazione non sta peggiorando» puntualizzai, chiarendo il concetto per tutti i presenti.

«Voi ragazze rimanete qui» ordinò mio padre dirigendosi verso la porta. «Dan, prendi quella luciona che ti porti appresso e vieni con me.»

Lo inseguii, rifiutando di farmi mettere da parte: «Scusa tanto, basta con queste sceneggiate da grandi uomini. Ovunque tu stia andando, vengo con te. Quindi sputa il rospo!»

Mio padre sospirò e appoggiò una mano contro la parete, con aria sconfitta: «Perché devi sempre dare per scontato che si tratti di questo? Ho scelto Dan perché ha la fonte di luce migliore, e ci servirà.»

Per nessuna ragione al mondo me ne sarei stata con le mani in mano in quella nuova parte dell'indagine! Mi girai verso il giovanotto dai capelli rossi e lo supplicai a mani giunte: «Dan, mi presterebbe la sua torcia, per favore?»

Lui me la porse con espressione riluttante, e io mi voltai verso mio padre con un sorriso di trionfo che mi andava da un orecchio all'altro: «Stavi dicendo?»

Lui fece una risatina e un basso fischio: «Certe volte sei proprio uguale a tua madre. Forza, andiamo a dare un'occhiata all'esterno e vediamo cosa riusciamo a scoprire.»

«Potrebbe restare con mia moglie?» aggiunse poi, rivolto a Dan. I due si scambiarono un cenno d'intesa fra uomini.

«Vengo anch'io!» gridò Gattavius balzando giù dal letto e raggiungendoci accanto alla porta.

«Io invece resto qui» dichiarò Grizabella incrociando le zampe di fronte a sé.

«Andiamo, papà» dissi, sollevando la lanterna mentre lo seguivo verso il fondo del vagone. Lì trovammo un'uscita, ma era bloccata. Tuttavia, nel vagone nella carrozza successiva trovammo una porta socchiusa, scostata di appena qualche centimetro.

«Speriamo che qualcuno avesse un disperato bisogno di fumarsi una sigaretta» disse mio padre stringendosi nelle spalle, per poi spalancare la porta di modo che potessimo uscire nella galleria.

C'era pochissimo spazio fra la parete di quest'ultima e la fiancata del treno. Io e mio padre riuscivamo a malapena a camminare affiancati. Le pareti di pietra incombevano su di noi e parevano stringersi mentre esaminavamo la ghiaia di fianco ai binari. In quel buio fitto, sembrava di essere sepolti vivi. Spaventoso!

Mio padre si fermò di colpo e allungò un braccio davanti a me per farmi cenno di fermarmi a mia volta. Con l'altra mano indicò un punto poco più avanti: «Sangue!»

Goccioline rosso scuro macchiavano la distesa chiara di ciottoli e sassolini. Ancora più spaventoso!

«Ce n'è dell'altro prima di quel punto?» mi chiese, illuminando con il cellulare il breve percorso fino all'uscita del vagone.

Scossi il capo senza riuscire a proferire parola, poi proseguii per vedere se il sangue creasse un percorso.

«Non ti allontanare!» gridò mio padre con un tremito nella voce. «Non sappiamo quanto possa essere vicino l'assassino. Per quel che ne sappiamo, potrebbe essersi nascosto qui nella galleria, a pochi passi da noi. Non voglio rischiare di perderti!»

Sussultai e tornai al suo fianco.

Lui mi cinse le spalle con un braccio e mi attirò a sé: «Ci siamo dentro insieme, chiaro? Io copro le spalle a te e tu le copri a me.»

«Wow! Buon per voi, gente. Io vado a dare un'occhiata per conto mio» disse/esclamò/borbottò Gattavius correndo nella direzione verso cui avevo appena rinunciato a dirigermi.

Mi preoccupava il fatto che si allontanasse da solo, ma che motivo avrebbe mai potuto avere l'assassino per fare del male a un gatto che passava di lì per caso? Il colpevole non poteva assolutamente sapere che Gattavius stava indagando sull'omicidio.

Io e mio padre procedemmo con lentezza, utilizzando la lanterna per illuminare il percorso e il suo cellulare per far luce sulla ghiaia. «Non vedo altro sangue» disse. «E tu?»

Non ero mai stata così delusa di non trovare tracce di un crimine violento. Se avessimo avuto almeno un percorso da seguire, avremmo saputo con certezza che l'assassino non era più sul treno e forse saremmo perfino riusciti a seguire le tracce di sangue per trovarlo.

«No» risposi con un sospiro di sconforto. «Di

certo qualcuno è stato qui e, considerando quanto l'uscita e le tracce di sangue siano vicine alla stanza di Rhonda, è molto probabile che si tratti dell'assassino. Ma non credo che sia ferito. Probabilmente si tratta del sangue di Rhonda che gli è sgocciolato dalle mani o qualcosa del genere.»

«Ma se avesse le mani sporche di sangue, non dovrebbero essercene tracce sulla porta?» puntualizzò mio padre, continuando a spostare di qua e di là la luce del cellulare sul sentiero. «E poi, perché diamo per scontato che l'assassino sia un uomo?»

«Touché» dissi. «Potrebbe benissimo trattarsi di una donna. Però hai avuto un'ottima intuizione. Andiamo a controllare meglio quella porta.»

Percorremmo la distanza che ci separava dall'ingresso del vagone, e stavo per risalire sul treno quando un grido di dolore risuonò dalle profondità della galleria.

Un grido felino.

«Gattavius!» strillai, correndo via. Per nessun motivo al mondo lo avrei lasciato ad affrontare da solo il pericolo in agguato, di qualunque cosa si trattasse. Speravo solo che mio padre riuscisse a starmi dietro.

12

«Angie, aspetta!» gridò mio padre; ma io continuai a correre più veloce che potevo verso il punto da cui avevo udito provenire il miagolio di Gattavius nella notte buia. Quando lo trovai, disteso sul fianco sulla ghiaia, ero ormai senza fiato, sia per lo sforzo che per l'angoscia.

Ti prego, fai che stia bene. Ti prego, fai che stia bene.

Pregando con tutta me stessa, lo sollevai fra le braccia e me lo strinsi al petto: «Cos'è successo? Stai bene? Gattavius, parlami!»

«Uff, abbassa un po' la voce per favore» mormorò lui scuotendo il capo, come se il volume gli avesse fatto male fisicamente.

«Cos'è successo? Hai visto l'assassino?» insistetti, cercando risposte nel bagliore dei suoi occhi ambrati.

«L'assassino? Certo che no. Te l'avrei detto, se lo avessi trovato.» Ebbe il coraggio di ridermi in faccia.

«Allora perché hai gridato a quel modo? Pensavo che ti fossi fatto male.»

Ora che mi ero accertata che stava bene, avrei voluto torcergli il collo peloso per avermi fatto prendere uno spavento del genere, senza la minima preoccupazione per il mio povero cuore di mamma-gatta.

«Mi *sono* fatto male!» disse lui con un verso gutturale; poi si rigirò fra le mie braccia e mi ficcò una zampa in faccia. «Ho un sassolino incastrato fra i polpastrelli, vedi?»

«E quell'urlo terrificante era solo per i polpastrelli?» Avrei voluto gridare a pieni polmoni, ma mi ricordai della necessità di non mettere in allarme gli altri passeggeri, così abbassai la voce.

«Non fare finta che non ti piacciano i miei polpastrelli.» Rise di nuovo, e mi ci volle tutta la pazienza che avevo per ascoltarlo quando riprese a parlare. «Ora, per favore, potresti comportarti da brava umana e rimuovere quella cosa?»

Con un gesto rapido estrassi il sassolino e lo gettai via, poi riappoggiai Gattavius a terra.

«Grazie» disse lui, dirigendosi verso la porta del

vagone e zoppicando teatralmente—senza dubbio una messinscena a mio beneficio.

«Che cos'è successo?» chiese mio padre con espressione preoccupata, nonostante mi avesse sentita parlare di polpastrelli.

«Ordinaria follia felina» spiegai brontolando, ancora furibonda con il tigrato che mi aveva fatta preoccupare tanto senza un buon motivo. «Forza, torniamo da mamma e Dan.»

Ci dirigemmo in fila indiana verso la porta del vagone, con me in testa e mio padre che mi seguiva. Una volta risaliti a bordo, ci fermammo a esaminare la maniglia della porta, ma non trovammo nessuna traccia di sangue che a sporcarne la superficie liscia. Notammo, invece, una macchiolina sul tappeto che si trovava a breve distanza dalla porta, ma piuttosto lontano dalla stanza di Rhonda, dato che i vagoni erano lunghi circa trenta metri.

Qualunque ne fosse la causa, il sangue non pareva sgorgare a fiotti, giusto qualche goccia qui e là.

Era molto probabile che avremmo trovato altre tracce se avessimo continuato l'ispezione fuori dal treno, ma l'incidente del polpastrello mi aveva turbata profondamente. Inoltre, mi aveva fatto capire quanto fossimo vulnerabili io e mio padre, lì fuori, privi di qualsiasi mezzo per difenderci.

«Cos'avete trovato?» chiese mia madre salutandoci dalla soglia della stanza di Rhonda e gettando le braccia al collo di mio padre come se fossero stati separati per giorni e non per qualche minuto appena. «Ho sentito dei rumori, ma Dan non mi ha permesso di andare a controllare.»

«Ottimo lavoro, amico» gli disse mio padre battendo amichevolmente il pugno contro quello del giovane dai capelli rossi.

«Non è successo niente» spiegai. Poi, con una vocina leziosa che sapevo avrebbe mandato Gattavius su tutte le furie, aggiunsi: «Solo che il povero micino si è fatto la bua alla sua bella zampettina.»

«Angela!» gridò lui, la bocca spalancata per l'orrore. «Non davanti a un altro gatto!»

Grizabella rise, facendo ridere anche me.

Dan mi guardò come se fossi matta da legare. Forse lo ero davvero.

Gli restituii la lanterna, poi li aggiornai sulla scoperta delle gocce di sangue. «Voi avete trovato qualcos'altro qui?» domandai quando ebbi finito.

«No. Ma non siete stati via molto a lungo in realtà» rispose Dan, appoggiandosi con la schiena contro la parete e incrociando le braccia.

Mia madre si strinse nelle spalle e mi rivolse un sorriso stanco: «Purtroppo no.»

Non avremmo risolto niente restandocene rinta-nati tutti insieme in quella stanza. Qualcuno doveva perquisire il treno, e quel qualcuno ero io.

«Voi continuate le ricerche qui e non lasciate entrare nessuno» dissi. «Io vado a vedere se riesco a trovare qualcosa un po' più in là.»

«Ovvero te ne andrai in giro da sola» riassunse mio padre, irrigidendo la mascella in un'espressione tesa.

«Porterò con me i gatti» dissi, attirandomi un'altra occhiata perplessa da parte di Dan, che tuttavia ebbe il buon gusto di restare in silenzio.

Non avevo più nessuna intenzione di restarmene lì a discutere con mio padre. C'erano decine, forse centinaia di passeggeri su quel treno, e solo uno di essi era l'assassino—sempre che questo non fosse già sceso e fuggito via, come sospettavamo.

Accesi il cellulare per vedere dove mettevo i piedi. Dodici percento di batteria rimasta. Dan aveva detto che la luce sarebbe tornata di lì a poco, e in quel momento ci facevo affidamento più che mai.

«Perché dobbiamo controllare di nuovo i vagoni passeggeri?» chiese Gattavius, l'irritazione che traspa-riva chiaramente dal suo tono nasale. A quanto pareva, con lo scherzetto di poco prima mi ero giocata la sua voglia di collaborare. Ma la cosa non mi infastidiva poi molto, dato che ero abituata a lavorare con un tigrato scontroso. In effetti ora la situazione sembrava perfino più normale.

«Non si fida di noi» gli rispose Grizabella al mio posto.

Entrammo nel vagone successivo in direzione della carrozza panoramica, del vagone ristorante e dei nostri posti. Quando fui certa che nessuno ci stesse guardando, mi fermai.

«Non è che non mi fidi di voi, ragazzi. Voglio dire, certo che mi fido di voi. Ma a volte vale la pena di dare una seconda occhiata, no?»

«Già» rispose Gattavius sferzando furiosamente l'aria con la coda. «Hai proprio ragione. Non si fida di noi.»

«Te l'avevo detto» disse Grizabella, agitando anche lei la coda dal lungo pelo. Era un vero piacere che si fossero trovati d'accordo proprio su questo.

Sospirai, poi ripresi a parlare cercando di non far trapelare la frustrazione dalla voce: «Non potreste solo… Siamo tutti dalla stessa parte e stiamo cercando di collaborare. Abbiamo tutti lo stesso obiettivo, quindi comportiamoci di conseguenza.»

Si zittirono a quelle parole, e io fui molto grata per quel piccolo miracolo.

«Prestate attenzione a qualsiasi comportamento

sospetto e cercate di farvi venire delle idee, nel caso in cui il piano non dovesse funzionare» dissi quando fui certa che nessuno dei due avrebbe sollevato altre obiezioni.

«Non funzionerà» si lamentò Grizabella, e io dovetti mordermi la lingua per evitare di lanciarmi in una ramanzina coi fiocchi per quella mancanza di collaborazione. Davvero non si rendeva conto di quanto mi stessi impegnando per aiutala?

L'aiuto mi giunse inaspettato: «Sta facendo del suo meglio» le disse Gattavius con dolcezza. «Anche se non se la sta cavando molto bene.»

Grizabella emise un verso di disapprovazione, ma continuò a seguirmi mentre marciavo verso il vagone successivo.

Oh, cielo. Speravo davvero che avremmo trovato qualcosa con quella perquisizione, perché mi sarebbe davvero piaciuto vedere quei due fare pubblica ammenda.

13

A quanto pareva, alla fin fine sarei stata io a dover fare pubblica ammenda.

L'ispezione del treno non aveva portato a nulla, proprio come avevano previsto i gatti. La maggior parte dei passeggeri dormiva e i pochi che erano svegli sembravano rilassati e niente affatto turbati, probabilmente perché non erano a conoscenza della presenza di un cadavere solo qualche vagone più in là.

Ci radunammo nel minuscolo atrio che separava i vagoni per discutere del passo successivo: «Prima che mi diciate 'Te l'avevo detto', statemi a sentire. Non possiamo andare dai passeggeri, ficcargli la torcia davanti agli occhi e chiedergli se hanno ucciso Rhonda.»

«Perché no?» chiese Grizabella con aria seccata, sedendosi pesantemente sulle zampe posteriori.

«Per favore, mia carissima, lascia che siano i professionisti a parlare.» Gattavius sollevò una zampa davanti al muso dell'himalayana per zittirla. Caspita, aveva ancora un sacco da imparare sul gentil sesso.

Ok, forse risi un po' troppo quando lei gli assestò una zampata dritta sul polpastrello dolente. Però, ben gli stava per averla trattata con condiscendenza, soprattutto avendo visto come aveva reagito quando avevo tentato di abbreviare un po' il suo pomposo nome.

Un ronzio proveniente dall'alto annunciò che l'impianto elettrico stava per rientrare in funzione. Quando le luci si riaccesero, applausi attutiti si levarono dai vagoni su entrambi i lati. I passeggeri volevano esprimere la propria approvazione, ma senza svegliare i compagni di viaggio, un fatto che andava decisamente a nostro vantaggio.

«Guarda un po'.» Gattavius rimase impassibile mentre io mi strofinavo gli occhi, desiderando ardentemente di aver portato con me gli occhiali da sole. «La luce è tornata. Ora possiamo tornare al piano A?»

«Non abbiamo un piano A» gli ricordai mentre una miriade di puntini luminosi danzava ai margini del mio campo visivo.

«Allora perché c'è un piano B?»

«Stammi a sentire e basta!» strillai. Ne avevo fin sopra i capelli.

A quanto pareva, però, Gattavius era esasperato quanto me: «Cavolo! Non c'è nessun bisogno di alzare la voce!» gracchiò con il suo tipico tono di superiorità.

«Per favore, Octavius» intervenne Grizabella, avvicinandoglisi rapidamente in modo che i loro corpi si toccassero lungo il fianco.

Grazie al cielo e presumibilmente proprio come Grizabella aveva immaginato il loquace tigrato ammutolì all'istante. Finalmente.

La gatta mi fece cenno di proseguire con il discorso.

«La maggior parte dei passeggeri sta ancora dormendo» spiegai tenendo d'occhio Gattavius per evitare che sviasse di nuovo la conversazione. «Se l'assassino è ancora a bordo, allora è di certo sveglio, o sveglia. Questo restringe considerevolmente i possibili sospettati. Dato che, limitandoci a fare su e giù per i vagoni, non abbiamo rilevato niente di sospetto, penso che sia ora di mettere un po' sotto pressione la gente.»

«Sembra un buon piano. Cos'hai in mente?»

chiese Grizabella mentre Gattavius faceva le fusa al suo fianco.

«Nessuno sa della morte di Rhonda, eccetto le persone con cui abbiamo parlato e, ovviamente, l'assassino. Possiamo fingere di avere un messaggio urgente da recapitarle e usarlo come scusa per parlare con i passeggeri svegli.»

«Ma la mia signora non c'è più. Come potremmo mai avere un messaggio per lei?»

«Questo lo so io e lo sai anche tu. Ma la maggior parte delle persone su questo treno non lo sa, quindi non saranno turbate se chiederemo loro di Rhonda, non credi?»

Gli occhi di Grizabella scintillarono quando iniziò a capire: «Oh, giusto!»

«Quindi andremo da tutti coloro che non stanno dormendo e chiederemo loro se sanno dove possiamo trovare Rhonda?» chiese Gattavius, riunendosi alla conversazione con un sorrisetto sdolcinato fra le vibrisse. Ah, la forza dell'amore!

«L'idea è questa» risposi. «Ovviamente sarò io a parlare. Voi tenete all'erta tutti i vostri sensi.»

Grizabella piegò la testa di lato: «Che cosa—?»

«È un modo di dire degli umani» le spiegò il mio gatto alzando platealmente al cielo gli occhi ambrati.

«Scusa» dissi con una risatina. «Voi gatti riuscite a

fiutare i cambiamenti ormonali degli esseri umani, giusto? Se qualcuno si sentisse molto stressato a causa delle mie domande, lo capireste... Non è così?»

«Sì, gli umani sono molto facili da comprendere» rispose Gattavius in tono altezzoso. «In fin dei conti sono dei sempliciotti.»

Gli lanciai un'occhiataccia, poi mi rivolsi nuovamente all'himalayana con un sorriso. Finalmente stava dalla mia parte, ed era una bella sensazione: «Siamo tuti pronti?»

«Diamoci da fare!» Grizabella si alzò in piedi e attese che le aprissi la porta che conduceva al vagone successivo. Ci facemmo strada fino in testa al treno, poco più avanti rispetto a dove io e i miei genitori avevamo preso posto.

«Mi scusi» dissi a una donna seduta accanto a un'adolescente imbronciata che non sollevò nemmeno per un istante gli occhi dal cellulare. Probabilmente non era l'assassina, ma dovevo parlare con tutti in modo da non destare sospetti. «Sa dove posso trovare Rhonda Lou Ella Smith? Ho un messaggio urgente per lei.»

«No» rispose la donna scuotendo lentamente il capo. «Mi dispiace. Buona fortuna per la sua ricerca.»

Ne avrei avuto proprio bisogno!

Parlai con vari altri passeggeri, uomini e donne di

ogni età, ma nessuno diede il minimo cenno di riconoscere il nome della vittima. Tra un vagone e l'altro chiedevo conferma ai gatti, in modo da essere certa che non avessero scoperto qualcosa.

Ma niente.

Quando entrammo nel vagone che ospitava i nostri posti, individuai subito un problema di cui avevo dimenticato l'esistenza. Il nostro amico scrittore, Melvin Mann, faceva su e giù a grandi passi borbottando fra sé e attirando lo sguardi di tutti i presenti. Nessuno riusciva a dormire lì dentro. Non un solo passeggero.

«Melvin, cosa sta facendo?» gridai, affrettandomi a raggiungerlo.

«Sto cercando di capire chi è l'assassino, ovviamente» mi disse, tamburellando con la penna sulle dita dell'altra mano.

Qualcuno nel vagone si schiarì la gola, e io ridacchiai nervosamente: «Ehm, Mel, questo non è il momento migliore per pensare alla trama del suo prossimo romanzo. Questa gente sta cercando di dormire.» Risi di nuovo e lo spinsi verso il fondo del vagone, sperando con tutta me stessa che il colpevole non fosse seduto lì mentre Melvin blaterava delle prove che aveva raccolto o che aveva origliato dai nostri discorsi.

Mentre ci dirigevamo nell'atrio, gli bisbigliai all'orecchio: «Torni in quella carrozza. Dan e i miei genitori sono ancora lì. La aggiorneranno su ciò che abbiamo scoperto.» Speravo che non rivelassero proprio nulla a quella mina vagante, ma dovevo pur allettarlo in qualche modo per cercare di tenerlo in riga.

«Quale carrozza?» chiese lui voltandosi verso di me. Un sorriso smagliante gli si dipinse sul volto quando capì a cosa mi riferivo: «Oh, la scena del crimine!»

Lo spinsi oltre la porta: «Per l'amor del cielo, esca da qui e cerchi di mantenere un basso profilo!»

«Ehi, sono uno scrittore, mica un attore.» Sollevò una mano sopra la testa e agitò le dita in segno di saluto senza rivolgersi a nessuno in particolare. Non sarà stato un attore, ma di sicuro era un personaggio.

Rimasi nell'atrio a osservarlo, per accertarmi che si dirigesse verso i vagoni letto senza disturbare altri passeggeri.

Grizabella camminava avanti e indietro e frustava l'aria con la coda con fare impaziente: «Cosa facciamo adesso?»

«Continuiamo con il nostro piano e incrociamo le dita.» Ripensai ai dettagli di quella notte e sorrisi: «Quando siamo passati da qui poco fa, Melvin non stava andando su e giù borbottando, quindi deve aver iniziato quando è tornata la luce. Per sicurezza, mando un messaggio a mio padre chiedendogli di andare a recuperarlo e tenerlo lontano dagli altri passeggeri.

Le mie dita si mossero rapide sulla tastiera del cellulare. Ormai mi era rimasto solo l'otto percento di batteria, ma la luce era tornata, quindi il telefono quasi scarico era un problema decisamente meno grave di prima.

«Continuiamo la ricerca» dissi ai gatti entrando nel vagone successivo, più determinata che mai a trovare l'assassino prima che circostanze al di là del mio controllo—più specificamente, Melvin—rovinassero tutto.

14

Avevo chiesto a così tante persone se sapessero dove potevo trovare Rhonda che ormai mi bruciava la gola e avevo gli angoli della bocca indolenziti per via di tutti quei sorrisi forzati. Io e i gatti avevamo già controllato quasi tutti i vagoni fra la locomotiva e il vagone ristorante, il che significava che ne mancavano ormai pochi per arrivare ai vagoni letto, e solo una manciata di questi ultimi in cui tentare ancora, poi avremmo esaurito i soggetti da interrogare.

Forza. Forza. Dovevamo assolutamente trovare qualche indizio.

Feci qualche altro passo avanti, poi mi rivolsi a una donna non più giovanissima con i capelli neri lunghi fino alle spalle e grandi occhi castani dalle ciglia folte. Doveva essere stata molto bella da giovane, perché era molto affascinante anche adesso. Indossava una felpa sportiva con cappuccio, piuttosto inconsueta per una donna della sua età, e di certo non sembrava il tipo di persona che potesse avere qualcosa in comune con Rhonda Lou Ella Smith, a meno che non fosse anche lei un'appassionata di gatti.

Sorrisi, trassi un respiro profondo e mi chinai verso di lei per rivolgerle la parola: «Mi scusi, sa dove posso trovare Rhonda Lou Ella Smith?» chiesi in tono amichevole, e accentuando il sorriso mentre aspettavo la risposta.

Lei si acciglò e mimò con le labbra: «Mi scusi» senza emettere suono. Che persona premurosa, pensai, così attenta a non svegliare il passeggero che dormiva accanto a lei. Io lo ero stata decisamente meno e, nel corso della ricerca, avevo svegliato varie persone senza farlo apposta.

«Qui abbiamo qualcosa!» strillò Gattavius.

«Questa donna sa qualcosa» confermò Grizabella con la sua voce melodiosa. «Lo percepisco chiaramente dall'odore.»

Era il momento di andare in scena.

«Mi scusi» dissi nuovamente alla donna, che era già tornata a concentrarsi sul tascabile che teneva in mano. «È proprio sicura di non conoscere Rhonda? Si tratta di una questione urgente.»

«No. Ora per favore mi lasci proseguire nella lettura» borbottò lei, poi sollevò il libro in modo da non guardarmi in volto.

«Sta mentendo!» sbraitò Grizabella. «Sta mentendo!»

Spinsi il libro verso il basso, costringendo la donna a guardarmi negli occhi: «Mi scusi, ma se non conosce Rhonda perché è così nervosa?»

«Nervosa?» chiese lei, poi ridacchio nervosamente. Proprio una scenetta convincente. «Non sono nerv—»

«Basta bugie!» strillò Grizabella saltando in grembo alla donna ed emettendo un terrificante soffio.

«G-G-Grizabella?» balbettò la donna. «Che cosa—»

«Allora la conosce!» Allargai le braccia e le gambe per impedirle di passare, nel caso in cui cercasse di fuggire. Forse stavo facendo arrabbiare una persona che aveva commesso un crimine violento, ma se non altro il vagone era pieno zeppo di testimoni. Non avrebbe avuto l'ardire di farmi del male di fronte a tanta gente... O forse sì?

La donna posò il libro senza curarsi di mettere il

segno: «Di che messaggio si tratta? Magari posso comunicarglielo io.»

«È davvero molto urgente. Potrebbe venire con me? Il conducente sta cercando chiunque abbia dei legami con Rhonda, perché abbiamo bisogno del vostro aiuto. Il prima possibile.» Puah! Non la smettevo di ripetere 'urgente' come se fosse una specie di parola magica.

«Ma mi sembrava che avesse detto di avere un messaggio per Rhonda?»

«Sì, e anche per lei. Ora viene con me, o devo chiamare la sicurezza?» Non sapevo nemmeno se ci fossero degli addetti alla sicurezza sul treno, ma la minaccia funzionò e la donna si alzò in piedi.

Mandai furtivamente un messaggio a mia madre, chiedendole di vederci nella carrozza panoramica, di modo che potessimo scortare insieme la donna fino alla stanza di Rhonda. Per quel che ne sapevo, poteva benissimo essere lei l'assassina, e avrebbe potuto cercare di eliminarmi alla prima occasione.

Anche se sapevo che i miei compari gatti avrebbero fatto di tutto per proteggermi, non sarebbero stati in grado di fermare un umano con un'arma e un movente. Dovevo continuare a farla parlare mentre procedevo dietro di lei, guidandola verso i vagoni letto. Forse non aveva capito che sospettavo di lei—non ancora.

«Mi chiamo Angie» dissi. «Il conducente mi ha chiesto di occuparmi di Grizabella perché anch'io ho con me il mio gatto» mi lamentai. Dovevo smetterla di menzionare il conducente, ma non sapevo come si chiamassero gli altri addetti che lavoravano sul treno, e volevo farle credere che si trattasse di un qualche incarico ufficiale.

«Rhonda sta bene?» chiese la donna, lanciandomi un'occhiata da sopra la spalla mentre procedevamo incespicando.

«Sì» mentii. Prima di dirle la verità dovevo portarla in un luogo in cui potessimo parlare in privato—e aspettare i rinforzi. «Grazie al cielo l'abbiamo trovata giusto in tempo. Mi dica, come l'ha conosciuta?»

«Ehm, ecco, è mia sorella. Sorellastra, in realtà» si corresse subito. Poi aggiunse: «Ma non siamo mai state in buoni rapporti.»

«So come vanno queste cose» dissi con un sorriso, in caso si voltasse di nuovo a guardarmi. Ero figlia unica, ma ero disposta a tutto pur di farla continuare a parlare e procedere, pur di stabilire un rapporto, dato che ciò avrebbe potuto salvarmi la vita. «Lei come si chiama?»

«Sariah Smith» borbottò. «Ci vorrà ancora molto?»

«Ci siamo quasi» promisi mentre raggiungevamo finalmente la carrozza panoramica. Mia madre ci stava già aspettando lì.

«Io la conosco» disse Sariah fermandosi di colpo e sollevando una mano a indicare mia madre. «Lei è—»

Mia madre le porse la mano: «Laura Lee, Channel Seven News, canale di Blueberry Bay, nel grande stato dei Maine, ora trasmesso anche nell'intera costa nord-orientale.»

«La vedo sempre al notiziario» balbettò Sariah. «Cosa ci fa qui? È a caccia di storie?» La donna lanciò un'occhiata verso l'uscita, ma mia madre le appoggiò saldamente una mano sulla spalla.

Procedetti verso l'altra estremità della carrozza, ma Sariah non mi seguì.

Mia madre accorse in mio aiuto: «Sì, mi sto occupando di un'indagine e ho bisogno di parlare con lei, se vuole seguirmi.»

«Mmm, non devo firmare una liberatoria o qualcosa del genere?»

«No. Non stiamo registrando. Venga con me.» Così dicendo, la spinse nel vagone successivo, forse con un po' troppa energia.

«Ci siamo quasi» la rassicurai di nuovo, praticamente tirandola mentre mia madre la spingeva da dietro.

«Non credo di poter—» borbottò Sariah. Mi sarei sentita molto a disagio se avessi pensato che era innocente ma, come avevano detto i gatti, odorava di colpevolezza. Riuscivo quasi a percepirlo anche con il mio misero olfatto da umana.

«Eccoci qui» annunciò mia madre prima che mio padre spalancasse la porta della stanza di Rhonda.

Sariah lanciò un grido quando il suo sguardo si posò sul cadavere della sorellastra. Cercò di darsela a gambe, ma io e mia madre ci parammo sulla soglia, bloccando il suo maldestro tentativo di fuga.

Sariah singhiozzò, emise un verso strozzato e gridò di nuovo: «Oh, mio Dio, cos'è successo a Rhonda? Aiuto, aiuto! Qualcuno mi faccia uscire da qui!»

«Dobbiamo farla tacere» disse mio padre, preoccupato, mentre Sariah continuava a gridare e spintonare me e mia madre. «Cosa facciamo?»

Melvin scattò in avanti; impugnava qualcosa all'altezza della vita, nascosto dalla giacca. Tutto ciò che riuscivo a scorgere erano solo un minaccioso rigonfiamento e l'espressione di rabbia omicida sul suo volto ma, dal modo in cui si muoveva, ero certa che impugnasse una pistola là sotto. «Stai zitta, o ti darò io un motivo per non aprire mai più quella bocca!»

Accidenti, quella situazione era problematica sotto ogni punto di vista. Avrei voluto legare Melvin e rinchiuderlo da qualche parte di modo che non potesse causare altri problemi.

Ma proprio allora Sariah smise di piangere e iniziò a raccontarci tutto.

15

«Datevi una calmata tutti quanti!» disse mio padre in un tono paziente e pacato che di certo faticava a mantenere, date le circostanze. Con grande coraggio, fece un passo avanti frapponendosi fra Melvin e Sariah, sfidandoli a proseguire con quella sceneggiata. «Non c'è nessun bisogno di usare la violenza.»

Melvin fece un passo verso di lui e fissò Sariah a occhi socchiusi: «Ce n'è eccome, se lei non inizia a cantare, e in fretta!»

«Non c'è nessun bi—»

«Lui non avrebbe dovuto farle del male!» Grosse lacrime scorrevano lungo le guance di Sariah, gocciolando sulla felpa. «Dovete credermi. Non sapevo che le avrebbe fatto del male.»

«Lui chi?» chiesi dalla soglia, l'ansia che mi strappava le parole di bocca. Se Melvin avesse sparato a Sariah, era molto probabile che il proiettile colpisse me. E quel giorno non avevo nessuna voglia di morire.

«*Chi* non avrebbe dovuto farle del male?» chiesi di nuovo quando lei non rispose.

La donna singhiozzava così forte che barcollò in avanti, riuscendo a stento a restare in piedi.

Mia madre si passò il braccio di Sariah intorno alle spalle e la guidò verso il letto: «Fatti coraggio, cara. Va tutto bene. Qui con noi sei al sicuro.»

Melvin le seguì, l'arma ancora minacciosa sotto la giacca: «Ha ragione. Finché continui a parlare, non hai nulla di cui preoccuparti.» Avrei voluto dargli una botta in testa. Non vedeva che ci stava spaventando a morte tutti?

Dan chiuse la porta a chiave, poi guardò mio padre come per chiedergli che cosa fare; lui incrociò le braccia sul petto e si mise di guardia alla porta.

Era come se fossimo palle da biliardo: cambiavamo disposizione all'improvviso, rimbalzando in un nuovo punto, mantenendoci però sempre vicino ai bordi della stanza. Mi spostai vicino al punto in cui Rhonda giaceva scomposta a terra. In quel modo, ogni volta che mi avrebbe rivolto la parola, Sariah sarebbe stata costretta a vedere il cadavere della sorellastra. Non lo facevo per crudeltà, bensì affinché dicesse la verità e si ricordasse qual era la posta in gioco.

Non soltanto per lei, ma per tutti noi.

«*Chi* non avrebbe dovuto farle del male?» insistetti, mantenendo un tono di voce calmo e, auspicabilmente, non accusatorio.

Sariah tirò su col naso e scosse il capo. Forse un approccio meno diretto sarebbe stato più utile per convincerla ad aprirsi.

«Sa, l'ho conosciuta» dissi con un sorriso distante, anche se il ricordo era di un fatto verificatosi solo poche ore prima. «Abbiamo trascorso un po' di tempo insieme nel vagone ristorante a parlare di gatti.»

Mia madre estrasse un fazzoletto dalla borsetta e lo porse a Sariah, che si soffiò il naso: «Sembra proprio tipico di Rhonda.»

«Pensavo che non vi conosceste bene» puntualizzai, cercando di nuovo di fare del mio meglio per non avere un tono accusatorio, anche se Sariah aveva di certo giocato un ruolo nel crimine che si era consumato quella notte sul treno.

Lei scosse il capo e appallottolò il fazzoletto nel pugno: «Era così, infatti, ma la seguivo sui social. Per questo ho riconosciuto Grizabella.»

I gatti! Non avevo fatto caso a dove fossero finiti.

«Da questa parte.» La voce del tigrato si levò dalle vicinanze del bagno, come se mi avesse letto nel pensiero o avesse percepito la mia preoccupazione quando mi ero resa conto di averlo perso di vista.

Mi voltai verso di lui e sorrisi vedendolo sano e salvo.

Grizabella, invece, fissava Sariah con sguardo feroce, senza sbattere le palpebre. Aveva bisogno di risposte, di sapere perché alla sua signora era accaduto qualcosa di così orribile.

«Ha detto che *lui* non avrebbe dovuto farle del male» ricordai a Sariah, cercando di porre la questione in un modo diverso questa volta. «Che cosa avrebbe dovuto fare, invece?»

Sariah scosse il capo e mi fissò, gli occhi arrossati dal pianto. A quanto pareva, il mio improvviso cambiamento di direzione aveva funzionato. «Avrebbe dovuto soltanto riprendersi ciò che ci apparteneva. Tutto qui.»

«E di che si trattava?»

«Della collana.»

L'immagine di quel magnifico gioiello mi balenò nella mente. Perle, oro, ottima fattura... ma sarebbe valsa la pena di uccidere per questo? Per me assolutamente no.

«Il cimelio di famiglia?» chiesi.

«Sì, quello che indossava oggi. L'ho visto quando è scesa dal treno per parlare con noi alla stazione di Bangor.»

Tutto combaciava. Ero certa di averla vista sul binario. Se anche Sariah era lì, i pezzi iniziavano finalmente a incastrarsi per andare a formare un puzzle sensato. Presto saremmo riusciti a capire cosa rappresentasse. Sospettavo di sapere già cosa fosse accaduto in seguito, ma chiesi ugualmente: «Poi che cos'è successo?»

«Le abbiamo chiesto di restituirci la collana. Non avrebbe mai dovuto averla lei.» Sariah strinse i pugni, poi rilassò le mani rivolgendomi uno sguardo per metà di rabbia e per metà di dolore.

«Suppongo che lei abbia rifiutato.»

«Lui aveva detto a malapena due parole, quando lei è corsa via ed è risalita sul treno.»

«Poi cos'è successo?» chiesi.

Tutti gli altri presenti nella stanza rimasero in silenzio mentre io e Sariah proseguivamo nella conversazione. Anche loro volevano saperlo.

Lei si voltò verso mia madre per rispondere: «Lui ha detto che ci saremmo ripresi la collana, in un modo o nell'altro, così l'abbiamo seguita sul treno.

Sapevamo che lei avrebbe detto di no, quindi avevamo già fatto i biglietti.»

«E cosa prevedeva la seconda parte del vostro piano? Cosa avreste fatto dopo che lei aveva detto di no?»

«Il *suo* piano. Non l'ho ideato io. Avrei dovuto trovare un modo di far fermare il treno nel cuore della notte, in modo che lui potesse andare da lei indisturbato e riprendersi la collana. Poi ci saremmo dovuti incontrare nella carrozza panoramica e scappare insieme.»

«Ma lei è ancora qui» puntualizzai, inarcando un sopracciglio.

Sariah tornò a guardare me: «Già. Lui non si è fatto vedere.»

L'angoscia mi attanagliava lo stomaco. Volevo disperatamente sapere chi fosse questo 'lui', ma prima avevo bisogno di conoscere altri dettagli, senza rischiare che Sariah crollasse di nuovo.

«Perché volevate così tanto quella collana?»

«Perché ci appartiene di diritto. La nostra famiglia se la tramanda da generazioni, da ben prima che i nostri avi si trasferissero in America. Non soltanto vale una fortuna: ha anche un valore sentimentale.

«Quindi è un cimelio di famiglia, ma ha detto lei stessa che Rhonda ne fa parte.» Incrociai le braccia sul petto, sperando che le mie parole avessero l'effetto esplosivo che avevo previsto. Se così fosse stato, saremmo finalmente riusciti a comprendere a fondo il caso e a far rivelare a Sariah l'identità del suo misterioso complice.

«No.» La donna chiuse gli occhi. Le guance le si arrossarono mentre parlava: «La sua famiglia ci ha portato via tutto. Ed è stato uno schiaffo in piena faccia quando nostro padre ha dato la collana a lei anziché a uno di noi.»

Non dissi nulla, nella speranza che aggiungesse altro. Non lo fece, ma una nuova voce si inserì nella conversazione.

«In che modo la sua famiglia ha fatto del male alla tua, cara?» chiese mia madre, ancora seduta accanto alla testimone singhiozzante. Ora, però, le lacrime si erano quasi asciugate, lasciando il posto alla rabbia.

«Quando avevo cinque anni mio padre se ne andò di casa e si fece una nuova famiglia. Disse che si era innamorato e che la sua nuova compagna era incinta, quindi non aveva scelta. Ma ce l'aveva eccome! Solo che non ha scelto noi. Ci ha lasciati e si è portato via tutto. Tutto il denaro e i privilegi che avrebbero dovuti essere nostri per diritto di nascita sono passati alla sua nuova famiglia, a Rhonda. Così, quando lui mi ha illustrato il piano per riprenderci la collana, ovviamente ho deciso di aiutarlo. Voi al mio posto non l'avreste fatto?»

«Capisco cos'ha passato» dissi, annuendo. «Inoltre credo che, anche se odiava Rhonda, lei non avesse intenzione di ucciderla.»

Sariah si tirò su, sedendosi con la schiena dritta sul letto. Parte della tensione che le serrava i pugni e la mascella era scomparsa.

Le mie parole erano state importanti per lei. Ora probabilmente si sarebbe sentita in dovere di aiutarmi fornendoci l'informazione mancante che tanto ci serviva: «Può farmi un ultimo favore e dirmi chi è la persona che ha ideato il piano? Abbiamo bisogno di sapere chi ha fatto del male a Rhonda in modo che sia lei, sia tutti gli altri passeggeri presenti sul treno siate al sicuro.»

«Lui non mi torcerà un capello. Lo ucciderò prima» disse Sariah a denti stretti. Le credevo.

«Ma chi è *lui*? Di chi si tratta, Sariah?» Ormai la stavo praticamente scongiurando.

«Si tratta di nostro fratello. Jamison.»

16

Gli occhi di tutti i presenti, me compresa, erano puntati su Sariah.

«Ecco» ringhiò la donna rivolgendosi a Melvin, ancora con l'arma stretta in mano. «Vi ho detto tutto ciò che so, quindi ora che ne dice di smetterla di minacciarmi con quella pistola, o coltello, o qualsiasi cosa abbia lì sotto?»

Melvin ridacchiò ed estrasse l'arma dalla giacca, facendoci trasalire tutti quando la lanciò sul letto accanto a Sariah: «Come dice il proverbio, la penna è più potente della spada.» Il sorrisetto compiaciuto sul suo volto mostrava chiaramente quanto si sentisse astuto.

Sotto i nostri sguardi attoniti, una stilografica dal

pennino dorato giaceva sul copriletto, scintillando sotto la luce. Una penna!

Il folle Melvin si era rivelato utile, in fin dei conti.

«Beccata!» strillò lui – e quasi mi aspettavo di vederlo lanciarsi in una danza di esultanza come un calciatore dopo un gol.

Un gemito collettivo si levò nella stanza.

Sariah sbuffò alla vista della stilografica, poi la raccolse e la scagliò verso Melvin: «Ma vattene!»

«Come ha fatto a far fermare il treno?» chiese mio padre, ignorando apertamente Melvin.

Lo scrittore perse di colpo tutta la sua verve quando si rese conto che non avremmo trascorso il resto della nottata ad applaudire il suo astuto stratagemma. Ma l'indagine era lungi dall'essere finita: non avevamo ancora catturato l'assassino.

«Una bazzecola per un'esperta in ingegneria meccanica» rispose Sariah, stringendosi nelle spalle con noncuranza.

«Nessuno è riuscito a far ripartire il motore, ma non è stato difficile far tornare la luce» aggiunse mio padre dal suo cantuccio accanto a Dan.

La donna ridacchiò stancamente: «Le luci riguardano l'ingegneria elettrica. Non è il mio campo.»

Era evidente che aveva avuto modo di studiare. Essere abbandonati da un genitore era di certo una cosa molto brutta, ma davvero aveva avuto una vita così terribile? Davvero per Jamison le cose erano andate tanto male da assassinare Rhonda per far scontare al loro padre i suoi errori? Ogni parte di me gridava 'no' a pieni polmoni.

Anche la mia famiglia aveva un passato complicato, che io e mia madre avevamo scoperto da poco e che ancora non comprendevamo del tutto. Ma io non avrei mai fatto del male a nessuno per ottenere risposte o per vendetta, neanche tra un milione di anni.

Suppongo che fosse per questo che ero diventata un'investigatrice privata e non un'assassina. Grazie al cielo!

«Ha visto Jamison dopo che il treno si è fermato?» chiesi, ricordandomi all'improvviso del mio ruolo in quella faccenda.

«No. Come ho detto, non si è mai presentato al luogo d'incontro concordato. Probabilmente quell'idiota è scappato senza di me.»

«Probabilmente ha cercato di incastrarla per l'omicidio» puntualizzò Melvin. «È ciò che farei io se dovessi scrivere di un personaggio del genere. Dico come romanziere, naturalmente.»

Quando si accorse che nessuno gli concedeva le

attenzioni che bramava, Melvin si schiarì la gola e non aggiunse altro.

«Abbiamo trovato tracce di sangue fuori dal treno» disse mio padre, attirandosi gli sguardi di tutti i presenti.

Sariah sospirò e si lasciò ricadere sul letto, facendoci sentire tutti più tesi: «Bene allora, è così che è andata. In una sola notte, mio fratello mi ha tradita e ho perso la mia sorellastra. Povera me.»

«Sariah,» disse mia madre con dolcezza. «Non credo che Rhonda abbia mai avuto intenzione di ferirti. Ciò che è accaduto alla tua famiglia non è stata colpa sua. Anche per lei deve essere stata dura, crescendo.»

«Era sempre sola» disse piano Grizabella dal suo posticino accanto alla porta del bagno. «La mia povera signora.»

Poiché non poteva comprendere le parole dell'himalayana, Sariah le parlò sopra: «Beh, in ogni caso, sono certa che la polizia arriverà presto per arrestarmi, e nel frattempo Jamison sarà fuggito e la scamperà.»

«Non riuscirà a farla franca» le promisi. «Sappiamo che è stato lui e sono certa che anche la polizia lo capirà.» Avevamo risolto il caso. Acciuffare il cattivo sarebbe stata la parte facile, no?

Sariah si tirò su a sedere e scosse il capo con amarezza: «Sì, ma lui è fuggito. L'ha fatta franca.»

«Non necessariamente» intervenne Gattavius, attraversando la stanza per sistemarsi al mio fianco. «Ricordi che i gatti hanno capacità superiori a quelle degli umani pressoché in tutto?»

Avrei voluto rispondergli a tono anche solo per chiarire le cose, nel caso in cui, in seguito, avesse dichiarato che ero d'accordo con lui ma ci trovavamo in una stanza piena di gente che non era a conoscenza del mio segreto. Così, anziché chiedergli di spiegarsi meglio, gli rivolsi un'occhiata invitandolo a proseguire.

Fortunatamente, mi capì: «Ok, ok, non vuoi parlare davanti a degli estranei. In ogni caso, i gatti sono creature eccezionali. Sono i migliori in assoluto, e *questo* gatto troverà l'assassino in fuga.»

«Sì!» strillò Grizabella, deliziata. «Possiamo scovarlo con il fiuto. Un'idea davvero brillante, mio caro.»

Gattavius si immobilizzò, voltando soltanto il collo per fissare l'himalayana con occhi supplici e scintillanti: «Hai detto *mio caro*?»

Lei gli strofinò il naso contro la pelliccia facendo le fusa. All'improvviso si era ammorbidita del tutto. «Nonché mio eroe!»

Gattavius si sciolse come un panetto di burro gigante: «Oh Grizabella, sono così felice che tu ricambi i miei sentimenti! Ti sarò devoto per tutte le mie vite. Beh, per lo meno per quelle che mi restano. Non ti abbandonerò mai. Io—»

«Mi aiuterai a vendicare la mia signora?» chiese lei senza giri di parole.

«Certamente, mia cara.»

La soap opera felina che si stava svolgendo proprio davanti ai miei occhi mi avrebbe fatto tenerezza in altre circostanze, ma in quel momento avevamo un cattivo da catturare.

«Sariah, ho un'idea» dissi, desiderosa di procedere.

«Una tua idea, come no» mi rimproverò Gattavius, ma subito tornò a scambiarsi coccole e leccatine con la sua nuova fidanzata.

«Ciò che le ho detto prima sul fatto che mi stavo occupando di Grizabella perché anch'io ho un gatto, è la verità. Quello che non le ho detto è che si tratta di uno *stunt cat* perfettamente addestrato. Ci stiamo recando in Georgia per, uh, lavorare a un film che uscirà prossimamente. In ogni caso, il punto è che Gattavius è un felino molto ben addestrato e credo che, se gli dessimo qualcosa appartenuto a Jamison, potrebbe utilizzarlo per individuarne l'odore e rintracciarlo.»

Sariah fissò Gattavius come se stesse cercando di valutare se era davvero all'altezza del compito. Infine, si accigliò e disse: «Bella pensata, ma probabilmente Jamison sarà ormai già troppo lontano. A cosa potrebbe servire?»

«Forse è così, ma sa a che velocità è in grado di correre un gatto?»

«In realtà non ne so molto di—»

«Fino a quarantotto chilometri l'ora» intervenne Melvin, mostrandoci il cellulare affinché prendessimo nota del fatto che aveva trovato la risposta in tempo record.

Sariah inarcò un sopracciglio e lanciò un'altra occhiata a Gattavius: «Ok, è una velocità notevole, ma come fa a essere certa che il suo gatto seguirà la pista? E non la preoccupa mandarlo là fuori da solo? Se è così ben addestrato e famoso, è un esemplare di valore notevole.»

«Beh...» Finsi di esitare, vedendo che le serviva ancora un momento per accettare l'idea. «Diciamo solo che mi fido di lui e so che può farcela.»

«L'ho già visto in azione» intervenne mia madre, ancora appollaiata sul letto. «Sta dicendo la verità: quel gatto è davvero incredibile.»

«Grazie, grazie» disse Gattavius facendole un cenno con la zampa.

Grizabella emise un miagolio estatico e si rannicchiò ancor più al suo fianco.

Fu mio padre a porre la domanda a cui tutti stavamo pensando: «Allora, ha un oggetto di Jamison o no?»

17

Sariah si sfilò la felpa con il cappuccio, rivelando una graziosa camicetta aderente. «Questa appartiene a lui» disse, lanciandomi la felpa, per poi avvolgersi il torace con le braccia ora che non indossava più quell'indumento caldo.

«Grazie. Gliela farò annusare non appena saremo scesi dal treno. Voi restate tutti qui. Non riesce a fare del suo meglio se c'è troppa gente.»

«Perché no?» chiese Grizabella intrecciando la coda a quella di Gattavius in quella che doveva essere la versione felina di fare piedino. «Io amo esibirmi per un pubblico adorante.»

Gattavius sollevò il capo e fiutò l'aria, senza un motivo apparente: «A volte dice cose del genere di modo che gli altri umani non scoprano che riesce a parlare con noi.»

«Octavius!» lo chiamai, avvicinandomi alla porta e facendo schioccare la lingua. «Qui, micetto!»

Lui emise un gemito mentre trotterellava verso di me: «Smettila subito di chiamarmi micetto. Sai che non mi piace.»

Grizabella ci seguì all'esterno nella galleria buia. Per fortuna ora le luci del treno la illuminavano a sufficienza da non costringermi a utilizzare la poca batteria rimasta per la torcia del cellulare.

Posai a terra la felpa di Jamison: «Riesci a captare il suo odore?» chiesi al mio gatto.

Lui trasse un profondo respiro fiutando il tessuto, poi starnutì: «Caspiterina! È impregnata dal fetore di quella donna. Il troppo stroppia, dolcezza.»

«Per una vera signora gli sforzi per presentarsi al meglio non sono mai troppi» disse Grizabella facendo le fusa. Tutta quella vanità faceva tanto star di Instagram di serie D.

Mi morsi il labbro e recitai mentalmente una preghiera per trovare la pazienza necessaria. Lavorare con i gatti significava adattarsi costantemente ai loro tempi.

«Riesci a percepire anche l'odore di lui? O quello di lei è troppo preponderante?» Se quel piano non avesse funzionato, non avevo idea di cos'altro avremmo potuto fare, soprattutto considerando che Sariah sembrava convinta che il fratello non avrebbe avuto difficoltà a sfuggire alle forze dell'ordine.

«Sì, ho captato anche l'odore di lui.» Gattavius sbadigliò e si stiracchiò le zampe una alla volta—senza dubbio un siparietto per far colpo sulla sua bella. «Sono pronto a entrare in azione!»

Lei sembrava in estasi per quello sfoggio di virilità felina. Ragazzi, che scena!

«Aspetta.» Mi inginocchiai in modo da trovarmi pressappoco alla sua altezza. «Non ho modo di tracciare i tuoi spostamenti. Non abbiamo portato il tuo GPS, e il mio cellulare sarà del tutto scarico da un momento all'altro. È pericoloso, e sarai da solo. Mi prometti che—?»

«Non sarà solo.» Grizabella si alzò in piedi, un vortice di feroce determinazione negli occhi azzurri. «Vado io con lui.»

«Amore mio, non potrei mai chiederti una cosa del genere. Come ha detto Angela, è pericoloso. Mi sono già lesionato un polpastrello nel corso di questa indagine. Non potrei mai mettere a rischio a quel modo i tuoi, così adorabili.» Gattavius si avvicinò per strofinare il naso contro quello di Grizabella, ma lei fece un passo indietro prima che riuscisse a sfiorarla.

«Rhonda era la mia umana. Glielo devo.» L'himalayana trasse un profondo respiro, poi partì di corsa a una velocità assurda. Le uniche volte in cui avevo visto Gattavius muoversi quasi altrettanto velocemente erano le rare occasioni in cui aveva la mattana —ed era vietato parlarne.

«Che femmina!» disse lui, lanciandomi un'occhiata da sopra la spalla prima di partire all'inseguimento della gatta.

«Ma non so come ritrovarti!» gridai nella galleria ormai vuota. Ma era troppo tardi: entrambi i gatti erano già spariti alla vista.

Ti prego, ti prego, stai attento!

Mi voltai verso l'uscita del vagone e trovai mio padre ad attendermi sulla porta.

«Volevo lasciarvi un po' di privacy, in caso ne aveste bisogno» disse, scendendo il gradino e raggiungendomi sul terreno ghiaioso. «Va tutto bene?»

Mi voltai per lanciare un'occhiata ansiosa alla galleria buia: «Sì. Sono solo preoccupata per le situazioni rischiose in cui va a cacciarsi certe volte.»

Mio padre rise: «Credimi, so come ci si sente. Tu e tua madre mi farete finire sottoterra prima del tempo.»

Rabbrividii: non volevo pensare alla morte né di mio padre né di nessun altro. Avevo già visto cadaveri a sufficienza per una vita intera. Alcuni rischi legati al lavoro erano più difficili da accettare di altri.

«Faremmo qualsiasi cosa per prenderci cura dei nostri figli. Essere genitori consiste proprio in questo.» La voce di mio padre era dolce e gentile. «E prima che tu me lo chieda: sì, si è genitori anche nei confronti dei propri animali.»

Gattavius avrebbe detestato sentirsi definire mio figlio, ma a volte mi sentivo come se lo fosse davvero.

Sapevo anche che mamma e nonna avrebbero smosso le montagne per proteggermi. Ero sempre stata amata, protetta, accudita...

All'improvviso capii che le parole di mio padre avevano un significato molto più profondo di quanto potesse sembrare: «La nonna e i miei nonni biologici» mi limitai a dire.

Mio padre annuì: «Solo perché non avete un legame di sangue, non significa che tua nonna non sia la tua vera famiglia» disse, riecheggiando i miei pensieri di qualche tempo prima. «Ha rinunciato a tutto per proteggere tua madre, anche se all'epoca non sapeva nemmeno perché.»

«Non lo sappiamo ancora.» Volevo disperatamente scoprirlo; per me stessa, per mia madre, ma soprattutto per la nonna che aveva vissuto tutta la sua vita senza sapere perché quella cosa strana, terrificante e meravigliosa fosse accaduta proprio a lei.

Mio padre ridacchiò di nuovo: «Tra te e tua madre, lo scoprirete in tempo zero. Se c'è una cosa che ho imparato nella vita, è di non dubitare mai delle mie ragazze.»

Lo abbracciai forte. Anche se non eravamo mai stati molto intimi, non avevo dubbi sul fatto che mi amasse moltissimo.

«Questo viaggio si sta rivelando molto impegnativo» gli dissi quando ci sciogliemmo dall'abbraccio. «Non so se avrò le forze per affrontare il primo incontro con i nostri parenti e trascorrere due settimane da loro.»

«Allora torneremo a casa. Non appena riusciremo a scendere da questo dannato treno.» Si guardò intorno, poi ridacchiò di nuovo. Sentivo la tensione allentarsi al suono della sua risata. Papà riusciva sempre a farmi sentire al sicuro. «Beh, hai capito cosa voglio dire. Non appena riusciremo a uscire da questa galleria e la polizia ci autorizzerà ad andarcene.»

«Ma non si arrabbieranno? I parenti in Georgia, dico.» Anche se mi sentivo uno straccio, ero comunque emozionata all'idea di conoscerli, di veder crescere la nostra famiglia, nonostante le circostanze anomale. Potevo correre il rischio di rovinare tutto?

Mio padre scosse il capo e mi rivolse un sorriso rassicurante: «Abbiamo aspettato per tutto questo tempo di conoscerli. Caspita, fino a poche settimane fa non sospettavamo nemmeno della loro esistenza. La questione può aspettare – loro possono aspettare – finché non ti sarai riposata e ti sentirai pronta.»

«Meno male. Perché ho proprio bisogno di tornare a casa e passare un po' di tempo con la nonna» dissi, desiderando ardentemente di rivedere la persona che amavo di più al mondo. La nonna mi aveva cresciuta. Era diventata la mia migliore amica, ed era una sensazione strana non averla accanto.

«Lo so» disse mio padre abbracciandomi di nuovo. «Lo so.»

18

Mezz'ora dopo, la polizia arrivò e prese il controllo della situazione. Ci cacciarono dalla stanza di Rhonda per mettere in sicurezza la scena del delitto. Mentre due agenti esaminavano il corpo, un altro scortò me, mamma, papà, Sariah, Dan e Melvin nella carrozza panoramica per tenerci d'occhio mentre un'investigatrice ci interrogava separatamente all'esterno.

«No, non conoscevo Rhonda prima di salire su questo treno» le assicurai. Ma percepivo l'alone di sospetto nel suo sguardo.

La donna abbasso gli occhi al suo blocco per appunti. Mi chiesi quanto riuscisse a scorgere alla luce fioca della galleria.

«Allora perché ha trascorso quasi due ore con la vittima nel vagone ristorante?» mi chiese.

Risposi facendo spallucce: «Abbiamo chiacchierato un po' per far passare il tempo.»

«Angela! Angela!» Il grido di Gattavius mi giunse da lontano.

«Ha sentito quel suono?» chiese l'agente piegando il capo di lato per ascoltare meglio.

«Angela! Angela!» gridò lui di nuovo. All'investigatrice doveva sembrare un miagolio terrificante e disperato.

«Sì, credo che sia il mio gatto» dissi, eccitata e spaventata in egual misura dalle notizie che avrebbe portato.

«Un verso davvero strano per un gatto» osservò la donna.

«Angela! Angela!» strillò ancora Gattavius, il grido che si avvicinava sempre più al punto in cui ci trovavamo. Qualche istante dopo il suo corpicino peloso mi sfrecciò accanto e il grido risuonò di nuovo: «Angela! Angela!»

«Stia lontana. Quell'animale potrebbe essere pericoloso!»

«È solo il mio gatto, vede?» Presi in braccio Gattavius e me lo strinsi al petto per mostrarle che era del tutto innocuo.

Lui ansimava forte, cosa che non gli avevo mai visto fare. Il poveretto doveva aver corso molto a lungo, o essere estremamente in ansia. Speravo che si trattasse della prima fra le due.

«Possiamo procurargli un po' d'acqua?» chiesi all'agente mentre il tigrato continuava ad ansimare senza sosta.

«Non c'è... tempo» ansimò. Poi tossì, infine cercò di parlare di nuovo: «Griz... abella. Dobbiamo... andare... da lei!»

L'agente mi osservò con aria cauta: «Signora, è sicura che vada tutto bene?»

Signora? Ero più giovane di lei! Ok, al momento non importava. Dovevo capire cosa fare, e riuscire a farlo senza destare sospetti.

Non molto tempo prima avevo detto a Dan, Sariah e Melvin di essere una nota addestratrice, come scusa per sguinzagliare Gattavius sulle tracce dell'assassino. Ora con l'investigatrice avrei dovuto spacciarmi per un altro personaggio. Speravo solo che se la bevesse.

Deglutii, poi sollevai gli occhi fino a incontrare il suo sguardo dubbioso: «So che può sembrare poco ortodosso, ma sono una sensitiva e credo che il fantasma della vittima mi stia dicendo dove si trova l'assassino.»

Lei si appoggiò una mano sul fianco: «Il fantasma della vittima?»

«Proprio così.» *Scusami Rhonda, ma è il modo migliore per acciuffarlo.* «Rhonda dice che si è allontanato già abbastanza dal treno. Ci servirà un'auto per raggiungerlo.»

«Sì, ottimo!» si rallegrò Gattavius. Ora sembrava che facesse meno fatica a parlare. «Posso portarvi... da lei. Da loro.»

L'investigatrice si batté un dito sul mento e inarcò un sopracciglio: «Quindi ha bisogno di essere scortata dalla polizia?» chiese lentamente, forse per prendermi in giro, o forse per essere sicura di aver capito bene.

«So che sembra una follia, ma...»

«Andiamo!» disse la donna, sorprendendomi per la facilità con cui aveva accettato la situazione. «Il nostro dipartimento collabora con dei sensitivi di tanto in tanto, e al momento lei è la pista migliore che abbiamo. La volante si trova a circa ottocento metri da qui, in quella direzione.» Indicò verso il fondo della galleria, poi si voltò verso di me: «Ma provi a giocarmi uno scherzo qualsiasi e non esiterò ad arrestarla!»

Dopo che ebbi annuito, la donna si incamminò

nella direzione indicata. Era dalla parte opposta rispetto a quella da cui era arrivato Gattavius.

La seguii tenendo il tigrato fra le braccia, di modo che potesse riposare. Mentre io mi sentivo sempre più stanca, lui recuperò in parte le forze.

«Lo abbiamo trovato» mi spiegò, mentre io cercavo un appoggio sul terreno irregolare. «Grizabella è stata fantastica: lo ha graffiato, conciandolo proprio male. Ma lui l'ha scagliata via, e credo che lei si sia fatta male. Ma non ha voluto muoversi da lì. Mi ha detto di tornare indietro per chiedere aiuto, mentre lei avrebbe continuato a inseguirlo.»

Chi l'avrebbe mai detto? Grizabella si era dimostrata una vera eroina in fin dei conti.

Speravo solo che l'infortunio subito durante la colluttazione con Jamison non fosse niente di grave. Detestavo il fatto di non poter consolare Gattavius a causa della presenza dell'agente, ma sperai che capisse che avrei fatto tutto il possibile per Grizabella e Rhonda.

Finalmente raggiungemmo la fine della galleria e uscimmo all'aperto. Il sole stava sorgendo e infuocava le nuvole in una visione celestiale—al contempo splendida e inquietante. La volante era parcheggiata di fronte alla galleria e io e l'investigatrice la raggiungemmo di corsa.

Mi accomodai sul sedile posteriore, nel caso fossi ancora fra i sospettati. Avevamo già perso anche troppo tempo e non potevo permettermi di sprecare più nemmeno un istante finché non avessi saputo che Grizabella era sana e salva e che Jamison era stato arrestato.

«Può sedersi anche davanti, sa» disse l'agente, osservandomi dallo specchietto retrovisore. Un sorriso le si dipinse sul volto mentre parlava. Quindi forse non ero una sospettata, dopotutto.

«Non riesco a sentire nessun odore da qua dentro» mi informò Gattavius, accoccolato ai miei piedi. O l'investigatrice non aveva notato che l'avevo portato con me, o non gliene importava.

«Sto bene qui» le assicurai, allacciandomi la cintura in vista di quella che di sicuro sarebbe stata una corsa selvaggia in auto. «Ma sarebbe così gentile da abbassare i finestrini? I miei... ehm... poteri funzionano meglio se non mi trovo in un ambiente chiuso.»

Lei annuì e abbassò sia i finestrini anteriori che quelli posteriori.

«Ah, così va molto meglio! Sono da questa parte.» Gattavius si spostò verso la sinistra dell'auto.

«Si diriga a sinistra» dissi all'agente.

Il motore ruggì prendendo vita, e partimmo.

«A che velocità dovrei andare?» mi chiese la donna; ma non avevo idea di cosa risponderle.

Gattavius si sposto più a destra di fianco ai miei piedi: «Da questa parte, ma non troppo.»

«Svolti a destra, ma senza fare una curva completa» dissi, ignorando la domanda precedente e concentrandomi su ciò che sapevo anziché su ciò che ignoravo.

La donna seguì le mie indicazioni.

«Troppo lontano! Troppo lontano!» strillò Gattavius, spostandosi nuovamente verso sinistra.

«Mmm, non così a destra» dissi. Si riporti un po' più al centro.»

Accidenti, era difficile dare indicazioni di guida quando non c'erano strade e non avevo la minima idea di dove stessimo andando. Ciò nonostante, mi fidavo del mio gatto e sapevo che ci avrebbe condotte dall'assassino, in un modo o nell'altro.

«Perfetto» disse lui, dopo che l'agente ebbe fatto manovra. Saltò sul sedile al mio fianco e mi si arrampicò in grembo: «E ora dritti dalla mia Grizabella!»

19

opo una buona ventina di minuti di guida, scorsi finalmente un movimento all'orizzonte.

Gattavius lo notò nello stesso istante: miagolò e affondò gli artigli nel mio grembo: «È laggiù! La mia magnifica Grizabella! L'abbiamo trovata!»

Era proprio l'himalayana, che correva all'orizzonte davanti a noi. La sua bella pelliccia appariva spettrale nella luce delicata del mattino, e la sua andatura, un tempo perfetta, ora era claudicante; ma era viva e continuava a procedere con rapidità. La sua determinazione a non arrendersi era ammirevole.

Anche se al nostro primo incontro mi era sembrata terribilmente viziata, era una brava gatta. Bravissima.

«Sospettato individuato.» L'agente spinse avanti la volante a velocità ancora maggiore di prima, poi sterzò per fermarsi.

«Dica al fantasma di Rhonda che ha fatto un buon lavoro» mi disse prima di scendere in tutta fretta per inseguire l'uomo che procedeva zoppicando giù per la collina.

Gattavius schizzò fuori dalla portiera aperta subito dopo di lei ma, anziché seguire l'agente, corse nella direzione da cui eravamo arrivati: «Mio tesoro! Mio tesoro!» gridò.

Anche se avrei voluto dare una mano, rimasi sul sedile posteriore della volante e inviai un messaggio ai miei genitori: *Abbiamo trovato Jamison. L'agente lo sta arrestando proprio ora. Stiamo tutti bene.*

Fatto ciò, la batteria si scaricò del tutto, rendendo il telefono inutile.

Meno di cinque minuti dopo, l'agente fece ritorno, portando con sé un uomo ammanettato: «Si sposti davanti, sensitiva» mi ordinò.

Non appena fui scesa, spinse Jamison all'interno. Per un istante i miei occhi incontrarono i suoi e fui sorpresa nel vedere che non erano freddi e calcolatori. Invece, erano dolci e gentili, non molto diversi da quelli di mio padre. Una spruzzata di lentiggini sul naso e sulle guance gli conferiva un aspetto giovanile.

Graffi sanguinanti gli ricoprivano le braccia, e anche la maglietta presentava degli squarci, senza dubbio causati dall'attacco di Grizabella.

Quell'uomo non sembrava affatto un assassino, e tuttavia non c'erano dubbi che fosse stato lui.

«Punto d'incontro all'uscita della galleria» disse l'agente alla radio, riavviando il motore della volante.

«Aspetti!» gridai, sentendo il panico stringermi il petto. «Il mio gatto!»

«Riporto indietro la testimone, poi ci occuperemo del sospettato» proseguì la donna, ignorandomi completamente.

La volante non aveva ancora preso una velocità eccessiva, così spalancai la portiera, sganciai la cintura di sicurezza e mi preparai a saltare. Vedendo ciò che stavo facendo, l'agente frenò di colpo, sbalzandomi fuori dall'auto.

Caddi sul terreno freddo, atterrando sulla schiena in un modo che mi fece uscire di colpo tutta l'aria dai polmoni. Ahia!

Nonostante il dolore opprimente, non c'era tempo da perdere. Stavo bene e dovevo accertarmi che valesse lo stesso per i gatti. Mi rizzai a sedere di colpo, sussultando per il dolore causato da quel movimento improvviso.

«Oh, Angela» disse Gattavius con una risatina

spensierata mentre lui e Grizabella mi si avvicinavano. Nonostante l'andatura claudicante di lei e l'evidente affaticamento, procedevano perfettamente coordinati l'uno accanto all'altra. «Io sarò anche uno *stunt cat*, ma di certo tu non sei una *stunt human!*»

Non avrei saputo dire se mi stesse prendendo in giro o se credesse davvero alla bugia che avevo raccontato a Sariah. Conoscendolo, però, era più che probabile che si fosse bevuto ogni parola.

«Sei stata molto coraggiosa» mi disse l'himalayana con un cenno d'approvazione.

«Ma mai quanto lo sei stata tu, mia cara» tubò Gattavius con quella particolare voce da gatto innamorato cotto che riservava unicamente alla sua nuova fidanzata. «Sei stata meravigliosa. Miracolosa, perfino.»

Alla gatta sfuggì una risatina, e io mi rimisi in piedi con più difficoltà di quanto avrei immaginato. Ohi ohi, che male! «Forza, ragazzi. Torniamo dagli altri.»

L'agente non sembrava per niente contenta: «Questo resterà fra noi» mi disse con un basso sibilo. «Già mi toccherà una lavata di capo per aver consultato una sensitiva per risolvere il caso. L'ultima cosa di cui ho bisogno è che i ragazzi alla stazione di polizia vengano a sapere che lei si è gettata giù dall'auto ancor prima che raggiungessimo i quindici chilometri l'ora.»

«Ma aveva detto che—»

«So cos'ho detto. A quanto pare, lei non è l'unica disposta a distorcere un po' la verità per fare ciò che va fatto.» Lanciò un'occhiata a Gattavius, poi tornò a guardare me e mi fece l'occhiolino.

La mascella mi cadde fin per terra—beh, non letteralmente, ma... accidenti!

Come? Com'era mai possibile che lei...?

No, non aveva importanza. Anche se non avevo idea di come avesse fatto a scoprirlo, sapevo che il mio segreto sarebbe stato al sicuro con l'investigatrice.

Quando fummo di ritorno alla galleria e quindi al treno il sole splendeva alto nel cielo e la giornata era in pieno fervore. Il partner dell'investigatrice ci aspettava all'ingresso della galleria insieme ai miei genitori.

Quando mi videro scendere dalla volante, mi corsero incontro. Mia madre mi abbracciò da sinistra, mio padre da destra.

«Perché sei tutta sporca?» Mia madre mi diede dei rapidi colpetti sui pantaloni, cercando di eliminare il fango e la sporcizia. Abbassai lo sguardo e notai quanto mi fossi imbrattata nella caduta dalla volante.

Oh, beh. I vestiti si potevano sempre lavare o, al più, sostituire. Tutto ciò che avevamo passato insieme valeva molto, molto di più.

«È una lunga storia» mi limitai a dire. «Piuttosto, che ore sono?» chiesi, sentendo la stanchezza calarmi addosso di colpo. Avevo dormito solo per qualche ora sul sedile della carrozza panoramica, prima che l'omicidio mi tenesse attiva per il resto della notte e buona parte della mattinata.

«Perché non guardi l'ora sul cellulare?» mi chiese papà con una smorfia.

«Non posso, perché—» Mi interruppi e mi sfuggì una risatina sarcastica quando mi resi conto che mi stava prendendo in giro. I miei genitori non mi avrebbero dato pace finché non avessi ricaricato quel benedetto telefono.

«Sono circa le sette e mezza» disse mia madre, reprimendo uno sbadiglio. «Papà mi ha detto che preferiresti tornare a casa, anziché andare a Larkhaven.»

Mi sentii invadere dal senso di colpa: mamma non vedeva l'ora di fare quel viaggio, e io avevo rovinato tutto. No, per lei era troppo importante. In qualche modo avrei trovato la forza fisica e psicologica per affrontarlo. «Sì, ma non siamo costretti se—»

Lei scosse il capo e sorrise: «Penso che sia un'ottima idea. Tra un paio d'ore chiamerò i nostri parenti e li avviserò. Auspicabilmente per quell'ora i tecnici avranno rimesso in moto il treno. Ho sentito dire che stanno facendo arrivare un motore nuovo per riportarci alla stazione più vicina.»

Ricambiai il suo sorriso: «Bella pensata. Anche se il viaggio proseguisse, scommetto che nessuno vorrebbe restare su un treno su cui si è verificato un omicidio. Almeno, io no di certo.»

Restammo insieme a osservare la polizia che si dava da fare, risparmiando le forze per gli ottocento metri di camminata nella galleria necessari per tornare al treno. Vidi Gattavius prendersi cura delle ferite della sua fidanzata in una chiazza d'erba poco distante.

Certo, la loro storia d'amore era solo all'inizio, ma era già un gatto diverso. Mi si strinse il cuore all'idea che forse non si sarebbero mai più rivisti, e che non sapessimo nemmeno cosa ne sarebbe stato di lei.

«Sei preoccupata per lei, vero?» chiese mio padre facendo un cenno con il mento verso l'himalayana.

«Era molto legata a Rhonda, e adesso non ha idea di cosa ne sarà di lei.» Mi balenò in mente una possibilità che mi diede un briciolo di speranza: «Credi che Sariah sarebbe disposta a prenderla con sé?»

«Penso che Sariah andrà in prigione come

complice per omicidio» disse mia madre con un sospiro. «O per lo meno per aver sabotato il treno. Un vero peccato.»

«Allora che ne sarà di Grizabella?» chiesi, sforzandomi di non scoppiare in lacrime prima di sapere con certezza come sarebbero andate le cose. Come Gattavius, era abituata ad avere solo il meglio, ma con la morte di Rhonda aveva perso tutto. Un nuovo proprietario avrebbe saputo prendersene cura come si deve?

«Non lo so, tesoro» disse mia madre dandomi un bacio sulla tempia. «Possiamo solo sperare che tutto vada per il meglio.»

Aveva ragione. Il destino di Grizabella era fuori dal nostro controllo, ma avrei contattato la polizia ogni santo giorno finché non mi avessero saputo dire cosa ne sarebbe stato di lei.

Lo dovevo a Gattavius, a Grizabella e alla dolce signora incontrata sul treno che non aveva chiesto altro se non qualcuno di amichevole che le tenesse compagnia per un paio d'ore.

20

opo aver trascorso una tranquilla festa del Ringraziamento in famiglia, la vita era tornata alla sua ordinaria follia. La nonna aveva realizzato un calendario dell'avvento personalizzato fatto a mano, che finì per guidarci in una serie di avventure e festeggiamenti natalizi decisamente sopra le righe. Una semplice visita per fare una foto agli animali con Babbo Natale riuscì in qualche modo a trasformarsi in un'indagine per omicidio, ancora più folle di quella sul treno—credetemi sulla parola.

Nonostante quel piccolo intoppo, la nonna faceva di tutto per tenere occupati me, Gattavius e Cachemire ogni istante di ogni giornata, cosa di cui le ero estremamente grata. Era mia nonna, la persona che amavo di più al mondo e, a prescindere dalle circostanze che ci avevano fatte incontrare, ero grata di averla nella mia vita.

Ok, il mio angolino di mondo era cresciuto a passi da gigante, ma la nonna sarebbe sempre rimasta la persona più importante per me. E sapevo che questo non sarebbe mai cambiato.

«Svelta, svelta!» strillò Gattavius la seconda presenza più importante nella mia vita grattando alla porta della mia adorata biblioteca, pregandomi di farlo entrare. «Non abbiamo molto tempo prima che la nonna ne trovi un'altra per farci festeggiare ancora.»

Risi nel vederlo rabbrividire alla parola 'festeggiare' come se fosse il termine più turpe e abbietto che potesse immaginare.

Dopo averlo fatto entrare, avviai il laptop e feci il login al mio account Instagram. Gattavius mi aveva scongiurata di creargli un account tutto per lui, ma in qualità di sua genitrice e di persona che intendeva proteggere il nostro segreto avevo insistito affinché usasse il mio.

«Amore mio!» strillò quando una nuova foto di Grizabella comparve nel feed. L'himalayana sfoggiava un cappello da Babbo Natale e uno sguardo severissimo sul grazioso musetto. Straordinaria.

Gattavius si mise a fare le fusa e strofinò il fianco contro lo schermo del computer. Era proprio il motivo per cui non usavamo più il suo iPad per accedere a Instagram: il tigrato non poteva fare a meno di strusciarsi contro l'immagine della sua amata, per poi andare nel panico quando ciò lo faceva uscire per sbaglio dall'app.

Misi un cuoricino alla foto e mi sedetti alla scrivania. In base alle esperienze precedenti, sapevo che la procedura richiedeva un certo tempo. «Allora, che commento vuoi che scriva?» lo incalzai dopo che ebbe trascorso cinque minuti buoni a fare le fusa e strofinarsi contro lo schermo, e nient'altro.

«Dille che è bellissima, che la amo e mi manca, e che non vedo l'ora che il destino ci faccia incontrare di nuovo» disse con enfasi, facendo poi una breve pausa per ammirare la foto prima di ricominciare a strofinarcisi contro.

Emisi un gemito per tutto quel melodrammatico sentimentalismo, ma feci come mi aveva chiesto—per fortuna avevo impostato il mio profilo come privato. Ero anche lieta di sapere per certo che la nuova proprietaria di Grizabella le leggeva tutti i commenti.

In caso contrario, non avrei mai accettato di fare da intermediaria ai due piccioncini.

A prescindere da quanto quella situazione fosse imbarazzante per me, era bello vedere quanto li rendesse felici mantenere una relazione, seppur a distanza. A volte organizzavamo anche delle chat video e i due facevano il pisolino insieme.

Ah, giusto, la nuova proprietaria!

Era una conoscente di Rhonda, della cerchia delle esposizioni feline. Christine. Anche se non si erano mai frequentate al di fuori di quegli eventi, si organizzavano sempre per pranzare insieme quando si trovavano nella stessa città—ed era quanto di più vicino a un'amica la povera Rhonda avesse mai avuto.

Christine era una brava persona e amava i gatti tanto quanti li aveva amati Rhonda. E così ora Grizabella aveva un'orda di sorelle adottive, tutte himalayane pluripremiate.

Purtroppo l'infortunio subito quando Jamison l'aveva scagliata via aveva messo fine alla sua carriera di gatto da esposizione; ma, anche se sapevo che non l'avrebbe mai ammesso, sospettavo che Grizabella fosse stata contenta di ritirarsi e poter trascorrere il resto della sua vita come gatto di casa amato e coccolato e influencer Instagram di scarso rilievo.

Digitai il commento: *Gattavius dice: 'È bellissima,*

la amo e mi manca, e non vedo l'ora che il destino ci faccia incontrare di nuovo'.

Christine e chiunque altro avrebbero pensato che ero una proprietaria melodrammatica e melensa per via di quei commenti, e io ero lieta di lasciarglielo credere. In fin dei conti, amavo davvero i miei compari felini.

Avevo appena premuto Invio, quando il campanello si mise a suonare le note di *Memories* del musical *Cats*. Non avevo capito che Grizabella avesse preso il suo nome da uno dei personaggi di quel musical, ma la nonna ci era arrivata subito e si era accertata di aggiungere i brani di Andrew Lloyd Weber al costante sottofondo di carole natalizie.

«Torno subito» dissi al tigrato in estasi.

Non diede neanche cenno di accorgersi del mio commiato, tanto era preso dall'ardore per la nuova foto della sua amata—anche se ne ricevevamo almeno una al giorno. Ah, il primo amore. Adorabile.

«Arrivo!» gridai, precipitandomi giù per le scale. Le vetrate colorate presenti su entrambi i lati della porta d'ingresso proiettavano piccoli arcobaleni sul parquet, ma non rivelavano l'identità della persona in attesa sotto il portico.

Quando aprii la porta, trovai una giovane donna

che non avevo mai visto, che aspettava con una valigia al proprio fianco.

«Cugina!» gridò, balzando avanti per abbracciarmi.

Ricambiai l'abbraccio con gesti goffi e, una volta allontanatami, mi resi conto che aveva un aspetto familiare.

Principalmente perché il suo viso era una copia quasi esatta del mio. Inoltre, eravamo entrambe alte e formose. La differenza principale fra noi erano i capelli: i suoi erano così biondi da sembrare quasi bianchi, mentre i miei erano biondo scuro. Inoltre, io indossavo un magnifico outfit di ispirazione anni Ottanta, mentre lei sfoggiava un casto cardigan abbottonato fino al collo e una gonna lunga dalle linee fluide che le arrivava alle caviglie. Un grosso medaglione in filigrana d'oro, che mi fece subito pensare alla collana di Rhonda, le pendeva sul petto.

Si morse il labbro mentre mi osservava, poi iniziò ad agitarsi e le guance le si colorarono di rosso: «Oh, no. Non sei Angie, vero? Oh, mio Dio. Sono così imbarazzata se non sei tu.»

«Sì, sono Angie» dissi rivolgendole un sorriso amichevole. «Solo che non avevo capito che aspettassimo visite.»

«Mia zia l'ha detto a tua nonna e... Fammi indovinare, lei non ti ha detto niente?»

«Sembra proprio che tua zia e mia nonna abbiano molto in comune» dissi con una risata. «Accomodati, prego.»

Presi la sua valigia e la appoggiai sulle scale, poi la condussi in cucina in cerca di qualcosa di buono da mettere sotto i denti. Uno spuntino addolciva sempre la vita, soprattutto se si trattava dei manicaretti preparati a mano dalla nonna.

Mia cugina accettò una bottiglia di Evian e la stappò immediatamente; «Spero che tu non sia troppo sconvolta. Mi dispiace che nessuno ti abbia avvisata che sarei venuta e che rimarrò fino alla fine dell'anno.»

Interruppi la ricerca di cibo: «Fino alla fine dell'anno?»

«Beh, sono poi solo un paio di settimane, no? Sedici giorni, in effetti, il tempo che avresti dovuto trascorrere da noi a Larkhaven. Non vedevo l'ora di conoscerti, così la zia Linda ha suggerito che venissi io da te. Solo che sono venuta in aereo anziché in treno. Voglio dire, chi mai vorrebbe prendere il treno, quando ci sono modi ben più veloci di viaggiare al giorno d'oggi?» Fece una risatina e una faccia buffa.

Se non avessi già deciso che mi stava simpatica, quello mi avrebbe convinta definitivamente.

Risi di nuovo e porsi alla mia ospite uno dei muffin alla banana con scaglie di cioccolato che la nonna aveva preparato il giorno prima. «Beh, non sapevo che saresti venuta, ma sono molto felice che tu sia qui. Questa domanda è un filino imbarazzante, ma... ecco... come ti chiami?»

«Oh, caspiterina! Scusami! Sono Mags McAllister,» disse lei abbracciandomi forte e parlando con la bocca piena di muffin, «la tua appena ritrovata cugina di Larkhaven; e ho già capito che noi due andremo perfettamente d'accordo!»

Un piacevole tepore si diffuse nel mio corpo mentre mi rilassavo fra le sue braccia.

Poiché mia madre era figlia unica, non avevo mai avuto una sorella, un fratello o dei cugini—cosa di cui, crescendo, mi ero costantemente lamentata. Ma ora che Mags era lì con me, capivo quanto quella cugina appena ritrovata sarebbe diventata importante nella mia vita.

E anche se non potevo ancora saperlo, le due settimane successive mi avrebbero dimostrato quanto.

MOLLY E I SUOI LIBRI

CHI È MOLLY FITZ

Tecnicamente, la scrittrice e autrice di best-seller Molly Fitz non è in grado di parlare con gli animali. Questo però non le impedisce di avere conversazioni serie e molto animate con i suoi tre assistenti-scrittori felini.

Molly vive in una sperduta regione selvaggia dell'Alaska insieme a suo bambinə e lo zoo di famiglia. Di tanto in tanto, Molly si arrischia a uscire di casa, se c'è in vista un buon pranzetto o aroma di caffè... o, magari, per incontrare nuovi amici animali.

Scopri di più su Molly e sui suoi libri, e non dimenticarti di iscriverti alla newsletter su **www.raccontimiciosi.com.**

* * *

UN DETECTIVE CON LE VIBRISSE

Angie Russo si è messa in società con il primo gatto parlante investigatore di Blueberry Bay, Gattavius, che, insieme alla sua banda un po' sgangherata di aiutanti animali e umani, risolverà ogni mistero... a patto che questo non interferisca con le sue abitudini. Comincia con il primo libro della serie, ***Il segreto del gatto***.

LE AVVENTURE MAGICHE DI MERLINO

Gracy Springs non è una maga... ma il suo gatto, sì! Adesso, però, Gracy deve mantenere il segreto, altrimenti rischia di passare il resto della vita in una prigione magica. Grossi guai sembrano attenderli a ogni passo. Comincia con il primo libro della serie, ***Merlino sceglie un famiglio***.

... E TANTE ALTRE NOVITÀ IN ARRIVO!

* * *

CONNETTITI CON MOLLY

Se sei alla ricerca di una community di lettori stravaganti, che amano gli animali tanto quanto i libri, allora non c'è dubbio: saremo amici!

Segui **la mia pagina Facebook**: www.facebook.com/raccontimiciosi

Iscriviti alla mia **newsletter** e riceverai un pacchetto gratuito in formato digitale, tutte le ultime novità e aggiornamenti e, nelle occasioni speciali, omaggi pensati apposta per gli appassionati: www.raccontimiciosi.com/iscriviti

www.ingramcontent.com/pod-product-compliance
Lightning Source LLC
Chambersburg PA
CBHW050338110726
47899CB00007B/2553